搜神異寶錄
懸疑考古探險搜神小說
大結局
之14 靈玉回歸
婪源霸刀 著

目錄

第一章

洞壁上的彩畫

這幾幅畫講述的故事，應該是在那果王朝的宮殿，
被十八家土王聯合起來的軍隊攻破前後發生的事情，
如果那個身材高大的男人就是那果王，
那麼他手下的那個女人是誰呢？

瘴氣漫延了過來，碰著大火，刺目的閃電過後，便是山崩地裂般的雷聲。

大家全都閉上了眼睛，好幾個人還用手捂著耳朵。

過了一會兒，大家睜開眼睛，見瘴氣已經沒有了蹤影，但是雷聲好像並沒有停，很沉悶的那種，也顯得好像很遙遠。

火勢離大家越來越近，那些樹樁圍牆也燒了起來，在大家的面前形成一道火牆。

營地上方的山上忽然衝下大量的冰雪，冰雪衝到樹樁前，正好將火熄滅，給大家留出了一條活路。可是其他的地方，火勢還很旺。

雷聲彷彿越來越響，而且連綿不絕。氣勢也越來越大，大家幾乎感覺到整個地面都在晃動。是不是有地龍要出來了？

那些士兵握著槍，眼睛盯著腳下。

「雪崩！」程雪天叫起來，聲音都在顫抖。

大家望去，見山谷上方的雪山上，騰起一長溜漫天的雪霧，已經清楚地看到巨大的雪浪如同千萬匹白馬般齊齊從山谷上邊的雪峰上衝下，彷彿整個山體都朝向下傾倒一般，劇烈的顫動和巨大的轟鳴聲顯示著大自然無法抗拒的，能夠毀滅一切的威力！

一定是瘴氣在爆炸的時候，使雪山受到爆炸力的振動，才使得滿山的雪轟隆隆地從山上衝刺而下，那驚天動地的聲勢，彷彿要把整個世界夷為平地似的。

大家都嚇壞了，誰也沒有見過這樣的場面。

「快走！躲到山底下面去！」程雪天和苗君儒大聲喊。

程雪天是學地質的，懂得發生雪崩的自救方法；苗君儒是在西藏考古的時候，見過藏民躲避雪崩。就是儘快找最近的地方躲起來，一般在陡峭而又結實的山岩下，或者巨大的岩石後面。但要確保山岩不坍塌，岩石能夠抵住雪流的衝力。如果有洞穴的話，那是最好的。

雪崩其實就是那麼一下子，只要躲過衝擊下來的雪，沒有被埋住，就沒有什麼大危險。

一聽他們兩個人這樣喊，大家清醒過來，拔腿往山腳的岩石下跑。

剛跑到山腳的岩石下，第一波雪流以鋪天蓋地之勢從山上衝下來了，大家將身體緊靠在一起，躲在山腳一處凹進去的岩壁下面。

「呼」的一下，大家只覺得耳膜一陣劇痛，腦袋嗡嗡直響。這是雪流的速度太快，導致周圍的氣壓急劇上升所致。雪流夾雜著樹木和岩石，還有大塊的冰柱，像瀑布一樣從上面傾瀉下來。大家所處的位置，就像在瀑布裏面了。

只幾分鐘時間，雪流就過去了。大家踏著雪塊，走出了藏身的地方，感覺地面高出幾十釐米。眼前白晃晃一片，他們宿營的地方早已經被埋住了，積雪一直衝到草地的很遠地方。幾座雪峰上，露出青色的岩石和黑褐色的泥土層來，山谷裏大部分的樹木被衝倒，出現了一條寬約上百米的雪溝。

這下好了，不用擔心那些機關，可以直接沿著雪溝上去。

天邊早已經露出晨曦，在雪光的映射下，越發覺得亮了。那些士兵跑到被埋住的營地，從裏面刨一些有用的東西出來。

武器裝備要不要無所謂，主要是禦寒和吃的東西。有一個士兵拖出一床被子來，直接披在身上，看他那樣子，似乎冷得受不了了。

幾個黑衣人在陳先生的指使下，也從雪堆中刨了一些東西出來。

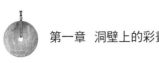

苗君儒的東西被人刨出來，他還分到了一床被子和一些乾糧。大多數人學著那士兵的樣子，將被子披在身上，再用細繩子捆住。

重慶警備司令部的屬下官兵，平日裏一身美式裝備，威風十足，可現在，一個個跟街頭叫花子相差無幾。方剛只揀了一些吃的東西和武器，在他的眼裏，這兩樣東西才是生存的根本。

「走吧！」一個聲音叫起來，大家抬頭望去，見是假馬福生，他只拿了一件棉衣穿在身上，手上還有一根棍子，其他東西對他好像沒有用。他已經轉身，一腳深一腳淺的朝雪溝方向走去。有幾個人跟在他的身後，大家都沒有說話，這種時候，只想快點找到王陵，拿了珍寶回去。

苗君儒和程雪天走在隊尾，兩人相互望了望，一齊跟隨大家往前走。來到樹林的邊緣，見兩邊還是有很多高大的樹木。積雪是從中間衝下來的，那些骸骨也已經被積雪埋住，看不到一點。

假馬福生用棍子在積雪中探路，一步一步朝上走，大家跟著他的腳印前行。雪溝兩邊的樹木大多被壓斷，有的連根拔起，帶著黑色泥土的樹根反倒朝天。

走了幾個小時，樹木漸漸的少了，地面上全都是雪。苗君儒看了一下前面，再往上就要爬山脊了，可是在盜墓天書上，那幅圖是在雪線之下的。

由於剛剛發生過雪崩，腳下的積雪都很鬆軟，加上海拔高，走起來非常吃力，走上幾十步就要停下來歇一下，爬上一道雪坡，大家覺得眼前光線一暗。

眼睛在適應了雪地的強烈光線後，一旦光線突然轉弱，會像瞎了一樣。好一陣子，大家才緩過來，發覺處身在一個很大的溶洞中。溶洞就在一處岩壁下，往下就是一道較高的雪坡，有這雪坡擋著，若不走近的話，從別的地方是無法看到這裏的。溶洞的口子上很大，但是往裏看，卻越來越小，像個大喇叭。

「要從這裏走過去嗎？會不會有機關？」程雪天走到假馬福生面前問。

假馬福生道：「我也沒有來過，有沒有機關很難說，找兩個人在前面探路就知道了。」

沒有人願意走在前面去探路，那樣等於是去送死。

假馬福生望了一下大家，見沒有人應聲，便道：「既然沒有人願意，那就抽籤吧，生死各安天命，我們這些人之中，只要有兩個人走在前面就行了！」

他的手上出現一把長短不一的小棍子，那都是他上來的時候，從旁邊倒下的樹上折來的。原來他早就有了準備。

苗君儒想到盜墓天書上那個以屍填洞的陝西人王角，莫非也是抽籤決定的？

抽籤結果很快出來了，是程雪天和一個黑衣人。

那黑衣人嚇壞了，朝陳先生磕頭道：「求求你，不要讓我去探路，我家裏還有八十歲的老母親和三歲的小女兒，要是我死了，他們怎麼辦？」

「你安心去吧，我會幫你養他們的，」陳先生道。

那黑衣人突然掏出手槍，指著陳先生道：「誰會相信你的話？我跟了你那麼多年，也見過不少死去的弟兄，你給他們家裏，最多也就是三十塊大洋，有的連一文錢拿不到！我不跟你們走，我回去！」

「就憑你一己之力，能回去嗎？」陳先生道。

那黑衣人愣了一下，一聲槍響，他緩緩倒下。開槍的是站在陳先生身邊的阿強，剩下的幾個黑衣人，望著地上的屍體，一副兔死狐悲的樣子，各懷心思。

「我以人格擔保，如果能夠完成任務，活著回去的，每人兩萬大洋，死了的三萬，」陳先生道：「憑我陳氏家族在中國的地位，不要說區區幾百萬大洋，就是幾千萬上億，也不在話下！上個月孔家的二公子，還從我這裏拿走兩百萬去還賭債呢！」

沒有人懷疑他的話。

「有一個人死了，那就繼續抽！」陳先生道。

「不用抽了，我去！」苗君儒道，他走到假馬福生面前，「把你探路的棍子給我！」

火把並不多，幾個士兵上前扒下那死去的黑衣人身上的衣物，澆上汽油做成火把。現在顧不了那麼多，保活人要緊。

苗君儒把工具袋背在背上，一手拿著木棍，一手持著火把，和程雪天並肩往裏走，方剛持槍和兩個士兵跟著他們。

盜墓天書上並沒有記載如何經過這個山洞的方式，苗君儒不敢大意，他走得很慢，用木棍敲著腳下的地面和兩邊洞壁。這個洞穴和他們進來時候的洞穴不同，地勢是緩緩向下的，走到裏面後，四周都有人工雕琢的痕跡，將洞壁修飾得方方正正，越是這樣，有機關的可能性就越大。

往內走了兩百多米，一切正常，苗君儒看到前面的路突然變窄，像一扇打開的門，只容一個人通過。旁邊有一塊小石碑，他用火把朝前照了一下，見一行隸書：**入此門者，九死無生**。

盜墓天書上也有「**九死無生**」這四個字。和山谷邊上的那個石碑一樣，刻的也是隸書。他仔細看了一下石碑的背面，並沒有其他的圖案。

「我先進吧！」程雪天擠上前道：「要死我先死！如果我死了，請你告訴我父母親！」

「等一下，」苗君儒道：「你這麼冒然進去，很危險的，對於墓道和洞裏機關的位置，我比你要懂得多！」

他不想欠程雪天這份人情，一閃身，已經進了那扇小石門。他以為一進去就會踩中機關必死無疑，所以進去的時候是閉著眼的，等了一刻見沒有動靜，睜眼一看，見裏面和外面完全不同，兩邊的洞壁上畫著許多五彩斑斕的壁畫，活脫脫一座藝術的殿堂。這時他發覺自己手上只有一根火把，按道理可照見的範圍不超過五米，可是現在他所看到的地方，已經超過二十米。

是什麼原因使光線瞬間加強的呢？

他看了一下，終於知道了這個秘密，原來在他的腳下，一塊塊的全是白色的水晶石，水晶石有很好的反光作用，將火把的光線反射到了每一個角落。

水晶石鋪在地面上，整整齊齊，每塊約一尺見方。

程雪天見裏面沒有聲響，走了進來，也被眼前的景象驚住了。

「不要亂動，當心有機關！」苗君儒道。

程雪天站在苗君儒剛才站過的地方，不敢亂動。

苗君儒用棍子一塊塊地敲擊著水晶石，走到了洞壁的邊上，見洞壁上是一幅幅的彩畫，儘管手法很簡單，但是可以看出意思來，有很多是連貫性的，好像在講述一個個故事。他看了一下，有很多與他收集的民間傳說很相似。

其中最角落的幾幅圖引起了他的興趣，上方畫著一些奢華的建築物，一個身材高大的男人，一手持刀，一手抓著一個女人，旁邊有很多人看著；第二幅是那女人倒在地上，建築物起火，旁邊有很多拿著刀槍的人；第三幅是很多人倒在地上，站著的都是手持刀槍的人；第四幅，是一個身披盔甲的男人，右手心有著一塊石頭，石頭的上方出現一個麒麟。這就是萬璃靈玉了。

這幾幅畫講述的故事，應該是在那果王朝的宮殿，被十八家土王聯合起來的軍隊攻破前後發生的事情，如果那個身材高大的男人就是那果王，那麼他手下的那個女人是誰呢？

那果王朝被毀滅的時候，最慘的是黎民百姓，遭受著各種屠殺，第四幅圖裏的男人肯定不是那果王，否則萬璃靈玉就會和那許許多多的珍寶一樣不知所蹤，不可能流落下來。

如果不是那果王，那麼那個人是誰呢？

陳先生走了進來，見苗君儒很專注的看壁畫，於是喊道：「你在看什麼？找路要緊呀，這些東西都不值錢的！」

苗君儒並不理會他，這些壁畫的價值，是無法用金錢來衡量的，是研究歷史的瑰寶。

「那上面可能有破解機關的東西！」蘇成對陳先生說道。

很多人都被壁畫吸引住了，不自覺地往前走，不知誰踏中了一個機關，「轟」的一聲，他們進來的那個石門被一塊大石頭從外面封住了。

方剛衝過去，用力推了，竟如螞蟻撼樹，大石頭紋絲不動。

來路已經被封死了，大家沒有了看壁畫的興趣，壯著膽子沿洞壁走過去，可是轉了一個圈，並沒有發現出口，這下大家急了，等於被困死在這裏。

「不可能，一定有出口的，再找找看！」苗君儒道。他見大家在原地上走來走去，沒有人擔心踩中機關。

大家沿著洞壁搜索了好幾遍，並沒有發現什麼。

洞壁上沒有，那就是地下。苗君儒望著地上的水晶石，仔細數了一次，每行從左到右，一共是三十六塊，而前後是七十二塊，也就是說，這地方是成長邊形的，可是不管怎麼看，都像圓形。他用手一摸洞壁，感覺往內凹進去。原來洞壁都是凹進去的，壁畫使人的感官產生了錯覺，讓人覺得洞是圓的。

出路應該是在地上，他一步步走到中間，見正中那塊水晶石比別的水晶石稍大一些，顏色似乎也要暗一些，與旁邊的水晶石隔著一條縫隙。他用力向下跺了幾下，沒有反應，便朝方剛招了一下手。方剛走過來，會意地拔出匕首，插到縫隙下，往上一撬。

這塊水晶石鬆動了，旁邊兩個士兵忙也拔出匕首，一起往上撬，撬出後向上抬起。水晶石下面露出一個洞，洞裏有一個土黃色的金屬環。

苗君儒戴上手套，抓住那金屬環用力向上一拉。一陣「吱吱咯咯」的聲音過後，眾人只覺得腳下的地面發出顫抖，一處靠近洞壁的地方，緩緩裂開了一個大口，有光線透進來。離那裏最近的一個士兵想走過去，突然從下面射上來幾支羽箭，好在他見機閃避得快，沒有被傷著。

苗君儒走到口子前，撿起幾支羽箭看，見這幾支羽箭和之前見過的不同，沒有紅色的箭桿，製作也很粗糙，往下一看，見是十幾級台階，最下邊有一個安裝在地上的機關，台階的旁邊還有一根斷了的藤條。

他看了一下那根藤條，顏色似乎還很新，這肯定不是那果王朝時候安裝的機關，安裝的時間應該不超過半個月。他想到了那些身體健碩的女野人，可是女野人使用的羽箭，是紅色有劇毒的那種，既然不是女野人，那下面的是什麼人呢？十幾級台階並不長，也許暗藏著機關。苗君儒要兩個士兵把撬起的水晶石抬過來，朝台階下滾了下去。

水晶石「轟隆隆」一直滾到外面去了，並沒有觸動機關。

苗君儒放下心來，率先走了下去，他每走一步都很小心，走完這十幾級台階，踏上了結實的地面，他的心才放下來。

出口處是一道山脊，兩邊都是萬丈深淵，下面還飄了一些雲霧，只有中間一條羊腸小徑。盜墓天書上有一幅這樣的圖案，當年那些人就是沿著這條羊腸小徑走過去的。

站在上面，感覺整個人都懸空了，眼睛根本不敢往兩邊看，稍微一看，便覺得頭暈。一方面是由於太高太險，另一方面，是不遠處雪山上的雪，被太陽映射著，容易讓人產生朦朧的感覺。呼嘯的山風很大，吹得人臉上的肌膚要裂開，撩起人的衣服，幾乎要將人吹落深淵。

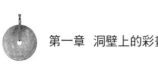

他想起盜墓天書中那幅圖上的人，是一個個緊跟著走的，他回身對後面的人道：「不要往兩邊看，跟著我走！」

方剛把身上的繩索解下來，丟了一頭給苗君儒，說道：「苗教授，把繩子繫在腰間，這樣安全些。」

苗君儒感激地望了方剛一眼，接過繩子，繫在了腰間。其他人用手抓著繩子，跟在他後面。

往前走了一段路，苗君儒突然感覺身體一晃，忙蹲下來，他將眼睛閉上一會兒，再慢慢睜開。走到中間的時候，風勢更大了，大家不得不彎腰下來，防止被風吹下去。此時若一個人被吹下去，會連累所有的人。

就這樣一步一挪的，好不容易挪過了山脊，來到一處較為平緩的地方，大家只覺得雙腿發軟，全都坐了下來，有好幾個人臉色鐵青，顯然是嚇得不輕，不知他們是怎麼熬過來的。

往前走，前面全都是千萬年沉積下來的冰雪，最上面一層是今年剛下過的，腳踩上去，陷下去倒不深。

「你們看！」蘇成驚奇地指著空中。

大家順著他所指望去，只見迷霧重重的空中，隱約出現一處金碧輝煌的空中樓閣，整體像一座大宮殿。

這是海市蜃樓，是一種自然現象，大家心裏都明白，但是大家也知道，海市蜃樓中所看到的景物，一般在現實中是存在的。

「一定是那果王的宮殿，就藏在這深山之中！」陳先生說道。他的聲音很興奮，有這樣奢華的宮殿，並不亞於北京的紫禁城，裏面的寶物肯定無法用數量估計。他不禁後悔帶來的人少了，要是多帶些人來，可以一次就將宮殿內值錢的東西全部搬空。

苗君儒望著那空中樓閣，在他的思維裏，那果王擁有的奢華宮殿，不可能是這個樣子。兩千年前的宮殿建築模式不是這樣的，是以巨大的石塊和木頭建築而成，並畫上精美的圖案用來修飾，在整體的顏色上，也不可能是金黃色的。以金黃色為主調的宮廷建築風格，是從明代才開始的。

這倒是一個令人費解的謎。

海市蜃樓漸漸消失，但是大家的心情久久不能夠平靜，要是能夠找到那座宮殿的話，就是吃再多的苦，受再多的危難，也是值得的。

「這裏有腳印！」一個士兵叫道。

只見雪地上有兩行清晰的腳印，應該是不久前留下的。在這種冰寒雪地杳無人煙的地方，什麼人會留下腳印呢？

是那些女野人？不可能！女野人不可能單獨一個人出動的。

除此之外，這山上還生活著別的什麼人嗎？

「跟著腳印，追上去！」陳先生說道。

大家一齊順著腳印，追了上去。走了一段路，腳印往山下去了。大家跟著腳印，漸漸下了雪線，來到一處坡地上。

這處坡地在雪線之下，地勢平緩，遍地雜草，開著一些不知名的小花，周圍只有一些低矮的樹木，再往前，可看到高大一點的松樹。

「有煙！」一個士兵叫起來。

大家朝前面望去，果然看到有裊裊的煙霧從一個山坡下升起。在這種地方有煙霧倒是很奇怪了，有煙霧就代表有人，不管是什麼人，只要見著人就好。

不等別人站起身，幾個士兵已經持槍衝了過去。

苗君儒起了身，跟著大家往那地方走去，下了一道山坡，見山坡下有幾根很大的闊葉榕樹，像一把大傘一樣撐開。這種闊葉榕只在低緯度的地方才生長，在這樣的地方長出來，倒是很罕見。

其中一棵最大的榕樹下面，有一大一小兩個窩棚，煙霧正是從小窩棚中冒出來的。

雲南少數民族的獵人相當多，有時候獵人們喜歡在山上搭建窩棚，一來方便自己在山上過夜，也方便同行，有很多這樣山上的窩棚裏面，還有一些鹽巴、臘味和乾糧。但是這地方山勢太高，地勢險峻，而且也沒有什麼獵物，獵人們不可能到這裏來的。

來到窩棚前，見大窩棚裏並沒有人，一張用木頭搭建起來的床，上面放著乾草和幾張獸皮，角落裏放著幾大塊風乾的肉和一些類似核桃的乾果，還有一些簡單的生活用具，在床邊的地方，還有一張弓和一個樹皮做的箭袋。箭袋裏有幾支羽箭，與前面見到的那些箭一樣。那個方法簡單的機關，是住在窩棚裏的人設下的。

他是什麼人，為什麼要那麼做？又為什麼會住在這裏呢？

小窩棚內挖了一個地坑，裏面燒著火，坑上架著一個土製的罐子，罐子裏面燒著糊狀的東西。火還在燒，人應該沒有走遠。

大家朝四周看了一下，這裏草木較為茂盛，一兩個人隨便往裏面一躲，外面都很難發現。有兩個黑衣人從大窩棚中取出那些風乾的肉，想要做一餐豐盛的野味大餐。

「他在那裏！」一個在樹下晃悠的士兵叫起來。

大家順著他所指，朝樹上望去，見樹上躍起一個身影，像猿猴一樣攀著樹枝騰躍。兩個士兵舉槍瞄準，被方剛壓住，但是槍還是響了。子彈射向了別處，槍聲在山間清脆地迴盪。那個身影在樹上晃了幾下，就不見了。

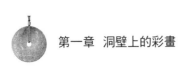

天色已經不晚，大家決定就在這裏住下來。那幾塊風乾肉很快被吃光，苗君儒還分到了一點罐子裏的糊糊，感覺甜甜的，卻又有些澀，不知道是什麼東西。吃完後，他轉到大窩棚的後面，見好幾根從榕樹上垂下來的氣根，都是滑溜溜的，一定是剛才樹上那「東西」經常爬上爬下所致。

「剛才只看到一些影子，無法確定是類人猿還是野人，但從窩棚內的情況看，這『東西』應該具備了一定的工具創造性，超過了舊石器時代的人類！」蘇成站在苗君儒的身邊說道。

「我是在想，他為什麼要安一個機關在那裏？」苗君儒說道：「如果像你說的，他是一個超過了舊石器時代的人類，那麼他的生存本能應該是安裝陷阱來對付獵物，而不是防備從水晶洞內下來的人。」

「這個我倒沒有想到，」蘇成道：「你的意思是，他是一個具有現代意識的人？可是這種地方，什麼人會來這裏呢？」

「我也想不明白，走吧，早點休息！」苗君儒說道。

兩人在小窩棚的旁邊，找了一處火堆坐了下來。

方剛安排了幾個士兵負責警戒，布了明哨和暗哨，以防有野人偷襲，本來他還想下絆雷，擔心被自己人踩上，就在幾處關鍵的地方動了一點手腳，只要有東西經過，就會發出聲音。

陳先生睡在大窩棚中，他叫手下人在床下放一點燃著的炭灰，以增加棚內的溫度。那幾個黑衣人見床下有不少亂七八糟的東西，便都搬了出來，將床底騰空。

苗君儒看到那些從床底下搬出來的東西，大吃一驚，有兩把一大一小的洛陽鏟，還有一些鐵製的工具，那都是盜墓人的東西。

有一個皮製的袋子破裂了，從裏面掉出一些東西來，有顏色不同的手鐲，還有一些造型奇特的器皿，在火光的照射下，泛著金色的光澤，都是純金打造的。另外還有一些閃著光的珠子和寶石。

每一樣東西都價值不菲。那些士兵一個個圍攏過來，嘖嘖地稱奇著。

陳先生從大窩棚內聞聲追出來，大聲道：「誰都不要動，全收起來！」

黑衣人連忙將東西收起來，重新放到大窩棚裏。

陳先生道：「這一點東西算什麼？只要我們找到那果王的陵墓，每人都可以背出好幾袋來！」

方剛聽到有一個他設的機關發出了響聲，忙朝那邊追過去，見黑暗中人影一閃，早已經不見了。

苗君儒對那些珍寶不感興趣，他望著那些盜墓人特有的工具。

這些工具，也許就是幾十年前馬大元他們留下來的，住在窩棚裏的，到底是什麼人？為什麼這些工具都收藏得那麼好？他拿起一個前面扁平，後端彎曲，有一個很大把手的東西。在盜墓者的行業中，這東西叫「抬金」，是開啟棺材蓋用的。將扁平的一端沿著棺蓋的縫隙敲進去，然後一撇。不用多大的力氣，棺蓋就會被打開。

假馬福生望著那些工具，也露出奇怪的神色，他一聲不吭地在苗君儒的對面坐了下來。

方剛走了回來，拿了一些繩索，低聲道：「今天晚上我一定要想辦法把那東西抓住，看看到底是什麼玩意！」

他帶了一個士兵，從榕樹後面繞過去，兩人走了一個圈，到剛才那身影出現的附近埋伏了起來。

有榕樹和山坡擋風，這地方很適合休息。苗君儒覺得有些累，他和蘇成相依偎著靠在一起，沒有多久便迷糊起來。剛睡了一會兒，就聽到方剛大聲叫起來。火堆旁的一下子都驚醒了，見方剛和那士兵用繩子綁著個渾身毛茸茸的怪物，朝這邊走了過來。

方剛邊走邊道：「他媽的，這怪物的力氣挺大，差點讓他跑了！」

走到火堆前，他將那怪物往大家面前一丟。那怪物一副很生氣的樣子，朝大家嗚哩哇啦地罵著，語調含糊不清。苗君儒望著那怪物，只見怪物的身高並不高，渾身的毛髮很長，胸部以上全白了，上身赤裸，下身穿著用獸皮做的褲子，赤著腳。他望著那怪物胸前，起身衝過去，從那怪物身上抓起一樣東西，是一塊羊脂玉，背面的圖案是九龍戲珠，正面的是鳳舞九天。這是他曾祖父苗山泉佩戴在身上的。

他的神態有些激動，拿著玉大聲問那怪物：「這東西是你從哪裏拿來的？」

蘇成在一旁笑道：「他又聽不懂你在說什麼。」

苗君儒見那怪物的神態也很激動，朝他又吼又叫，知道這怪物也喜歡這塊羊脂玉，只是不知道對方從哪裏拿來的。如果這怪物帶他去找到曾祖父苗山泉的遺骸，他願意把這塊羊脂玉送給對方。

苗君儒對方剛道：「麻煩你把他放開！」

「不行，他會跑掉的，」方剛道：「這東西很兇猛，我都差點吃了他的虧。」

苗君儒從衣服內拿出自己的那塊羊脂玉，將兩塊對照了一下，確實是爺爺所說的，曾祖父苗山泉戴在身上的那塊。

這怪物見苗君儒也拿出了一塊同樣的玉佩，神情更加激動，幾次掙扎著要站起來，口中不住嗚嗚著，終於蹦出了幾個大家都勉強可以聽得懂的音符：「……系（是）唔（我）噠（的）玉……」

這怪物還會說話，完全出乎了大家的意料。也就是說他並不是怪物，而是一個人。

苗君儒拿出了身上的盜墓天書，給那人看了一下，同時說道：「你聽得懂我們的話，你也見過這本書，對不對？」

那人拚命的點頭，眼中流露出萬分激動的目光。

苗君儒三下五除二解開那人身上的繩子，那人並不跑，怔怔地望著他。

苗君儒拿著自己的那塊玉，對那人道：「這是我爺爺留給我的，你身上的那塊，是我曾祖父苗山泉所佩戴的，如果你帶我找到他的遺骸，我就送給你！」

那人的神情非常激動，眼中不住的流淚，張了張口，又吐出幾個音符：「……勞……習……哼……」

這一次別人沒有聽懂，苗君儒卻聽懂了，對方說的是他爺爺的名字，叫苗石根。

苗君儒望著那人，心潮起伏。如果他曾祖父苗山泉還在世的話，應該是過一百歲的人了，可是眼前這人，雖然看不出實際年齡，但就其敏捷的身手看來，年齡應該不會很大。可是換了別人，又怎麼知道他爺爺的名字呢？

「我說話，你只要搖頭或者點頭就行了！」苗君儒道。

周圍的人見這個怪物越來越令人奇怪，都圍了過來。連在大窩棚內休息的陳先生也出來了。

苗君儒深吸了一口氣，問了一個他自己都覺得有點不可思議的問題：「你就是我曾祖父苗山泉？」

那人點了點頭，放聲號啕大哭起來。

苗君儒也是百感交集，眼角早已經濕潤了，他伸出手，將曾祖父擁入懷中。哭了一會兒，苗山泉抬頭望著苗君儒，又哈哈大笑起來。

大家茫然地望著他，覺得他好像瘋了。他們當然不懂得，一個獨自在這地方生活了七八十年的人，每天對著著雪山和樹林，現在突然見到自己的曾孫子，那份無法用言語表達的心情，自然是別人怎麼都無法理解的。

苗君儒望著曾祖父，這麼多年，也不知道是靠什麼活過來的。一百多歲的老人，身體還這麼健壯。

「他就是當年尋找那果王陵墓的十二個人之一，」陳先生走過來說道：「這下好了，可以叫他帶我們走！」

苗山泉生活在這與世隔絕的地方，已經幾十年沒有和人說過話，幾乎沒有了語言的表達能力，但是他完全能夠聽得懂別人在說什麼。聽陳先生說出那樣的話，忙連連搖頭。

「我們就是來尋找那果王陵墓的，」苗君儒道。

苗山泉指了指大家，又指了指自己，口中發出「不……不……」的聲音。

「如果你不答應的話，我們自己去找！」陳先生道：「我們能夠找到這裏來，就一定能夠找到陵墓！」

苗山泉搖了搖頭，含糊道：「……進不……去……死人……」

陳先生冷笑道：「死人怕什麼，我們這一路上來，還不是死了很多人？」

苗君儒坐在曾祖父的身邊，認真看著曾祖父說話的口型和神態。剛開始的時候，大家都很有興趣，到後來，大家都覺得累了，各自散去。

苗君儒發覺曾祖父的語言表達能力好像恢復了不少，說話也漸漸清晰起來。

「當年你們一共來了多少個人？」苗君儒問。

「加上腳夫和當地的人，一共有五六十個，」苗山泉的話音還是不標準，在別人的耳裏，聽起來像一個瘋子說夢話，但是苗君儒卻可以聽得清。

當年來的人數一共有五六十個人，但為什麼馬大元卻說只有十二個呢？苗君儒按自己心中的疑問說下去，兩人一問一答，幾個小時後，他終於知道了當年發生的事情。

當年為首的是十二個人，按著一幅從一個大祭司的墳墓裏挖出的羊皮紙地圖，來尋找傳說中那果王的陵墓，和地圖放在一起的，還有一塊被稱為萬璃靈玉的玉石。

他們這十二個人中，有四個是專業盜墓的，三個是風水堪輿師，兩個是開鎖和破解機關的高手。一個是當地土王的後代，剩下的兩個是女人。

當地土王的後代提供的大祭司墳墓，就在那廟前面的村子邊上，為了不讓消息洩露出去，他們殺光了村子裏面的人。找到這兩樣東西後，他們進了溶洞，那時的洞裏並沒有蛇，倒是有很多機關，但都被他們破了。他們找到那尊大神像下面的石室，在石室中間的冰寒青玉石棺的下面，找出了一些陪葬的東西。

大窩棚床下皮袋中的那些，只是那些陪葬品的一部分。他們不敢去動那口冰寒青玉石棺，更不敢開啟，憑經驗，他們知道裏面一定是很厲害的千年殭屍。離開石室，他們一路往前走，過地下河的時候，中了河底下的機關，死了不少人。

有一個人看出了洞壁上的秘密，才進了圖紙上的十八天梯。出十八天梯，過那片奇怪的樹林，失蹤了好幾個人，他們沿著湖泊往前走，在草地邊住了一個晚上，被一些怪蟲子和地龍襲擊，也死了不少人。

天亮後，他們砍了一些木頭過了草地，走進那片山谷，眼看著從兩邊飛出一些暗器，還有一些人的頭莫名其妙地掉到地上，大家好不容易衝過山谷，發現他們十二個人中的一個，居然不見了，生不見人死不見屍。

那人姓朱，是個盜墓的，平時別人都叫他朱老大，具體叫什麼沒有人知道。他們以為朱老大和那些失蹤的人一樣不見了，正為他可惜，卻見同時失蹤的還有一些從石室中拿出來的珠寶玉器。有人懷疑朱老大帶著那些東西跑了，可是沒有人願意回頭去追，因為前面還有更大的誘惑等著他們。

破解了這個岩洞內的機關，他們為首的只剩下十個人了，加上一些隨從，也就是二十多個人。聽到這裏的時候，苗君儒想起馬大元的畫裏也是畫了十個，才明白失蹤的朱老大，並不在折損的人裏面。

接下來應該就是攀絕頂天坑，過兵馬殭屍陣和蹚屍山血海了，苗山泉說到這裏，竟不願意往下說了，只說：「你們過不去的……過不去的……過不去的！」

苗君儒和曾祖父談話的時候，大多數人都已經睡著，只有那個假馬福生，聽得還很入神。

「後來發生了什麼事情，剩下的人是怎麼死的？為什麼馬大元只帶祖奶奶走，而將你留在這裏？」苗君儒問。

苗山泉歎了一口氣，說道：「他帶不走兩個人，當時我已經不行了，沒有想到我命大，遇上一幫女野人，是她們救了我！」

女野人？苗君儒一驚，就是那些向他們射出紅色羽箭的女野人。

「後來我找機會逃了出來，來到了這裏，可是前面過不去，馬大元說他會來接我的，這一等就是幾十年，都沒有見著他！都過去那麼久了，我以為我會老死在這裏，可就是不死！」苗山泉連連歎氣，對於那時候發生的事情不願意再多說了，只說道：「那裏被大祭司下了詛咒的，邪門得很，去多少人都找不到，而且都會死在那裏，我們當年也是僥倖才逃出來，聽我的話，回去吧！不要去找了。」

那個假馬福生突然道：「你的曾孫子現在是很有名氣的考古學家，他是不會放過這個機會的！」

「你是什麼人？」苗山泉打量著假馬福生。

苗君儒道：「如果我沒有猜錯的話，他應該就是那個失蹤的朱老大的後人，從我見到他到現在，他都在假扮馬大元的後人馬福生！」

「不錯，我是姓朱，我叫朱連生，」朱連生道，「我假扮馬福生，為的就是要等這個時機，來圓我祖上的夢，真的馬福生，幾個月前就已經死了。」

苗君儒道：「是你殺了他，所以盜墓天書和萬璃靈玉都落在了你的手裏，你為什麼要那麼做？」

朱連生道：「我是在報我祖上的仇，當年我祖上朱老大不是逃走，他是被馬大元害的，還好沒有死。這件事情，還包括你苗山泉也有份！」

「怎麼回事？」苗君儒都聽糊塗了。

朱連生指著苗山泉道：「還記得當年你們在草地邊上住的那一晚嗎？你和你妻子，還有馬大元三人，趁人不注意，偷偷殺死了那兩個看守石室中陪葬物的腳夫，想獨吞那些東西。馬大元和你妻子找了一個地方偷偷將那些東西埋起來，不巧被我祖上朱老大看到，馬大元一棍子將朱老大敲倒，以為他死了，就將他拖到了樹林中。誰知道等你們走後，朱老大醒了過來，他一個人無法過那草地，只有悻悻地回去。」

苗山泉道：「不錯，當年我們三個人是那麼做了，當時我們沒有辦法把東西拿走，就吩咐他們兩個人把東西埋起來，我去土王那裏偷那塊萬璃靈玉，朱老大的事情我並不知道，後來他們也沒有對我說。」

朱連生道：「他回去後不久就死了，留下遺言要後人尋找馬家報仇，我爺爺和我父親都在尋找馬家，可都沒有找到，他們也按祖上畫的草圖來找過那果王陵墓，可那廟前的洞口已經被人封住了，他們知道，要想找到那果王陵墓，憑幾個人的力量是不行的，這事也成了我父親和爺爺臨終前的遺憾。幾個月前，一個偶然的機會，我拿著從墓葬裏挖出來的東西去重慶找古德仁賣的時候，遇到了馬福生，他知道我是盜墓的高手，就想和我合夥，一起尋找那果王陵墓。」

「當你知道馬福生就是馬家後人的時候，就決定殺了他，對不對？」苗君儒道。

「人不是我殺的，是萬老闆下的手，他是古老闆的人！」朱連生道：「我本想在找到陵墓後才殺他！」

「他們為什麼不殺你呢？」苗君儒問道。

「因為古老闆知道我是個盜墓的高手，有用得著我的地方，於是他們就叫我假扮馬福生，」朱連生道：「我家從祖上以來，幹的都是盜墓的營生。」

苗君儒問道：「你們也知道單憑你們的力量，很難找到陵墓，所以才引陳先生入局，是不是？」

「是的！」朱連生道：「是古老闆出的主意。」

苗君儒問道：「跟蹤我們的那些人是什麼人？」

朱連生道：「我不知道，所有的事情，都是古老闆做主的，他在黑白兩道的勢力都很大！」

苗君儒望著朱連生，沒有再問下去，他想知道的事情，都已經找到了答案，剩下的就只有在古德仁身上去尋找了。

他轉過頭，對曾祖父道：「這麼多年，你一個人在山上，是怎麼活過來的？」

苗山泉道：「還好這裏吃的東西不少，偶爾還能抓到野獸！」

苗君儒想到罐子裏那些糊狀的東西，他曾祖父就是靠那些東西維持下來的，也許正是那些東西具有一定的藥效，才使得一百多歲的老人，身體還那麼年輕和健壯。

「你是不是在馬家長大的？你祖奶奶呢？」苗山泉望著苗君儒，想到了自己的妻子，眼淚又下來了，說道：「她應該早就死了，馬大元難道沒有去找我的兒子？」

「馬大元對祖奶奶很好，我……我是馬家……」苗君儒不想說出事情的真相，不想讓曾祖父傷心，畢竟馬家兩代人，對祖奶奶都不錯。

「現在是大清朝的哪個皇帝坐龍庭？」苗山泉問。

「大清朝早已經沒有了，現在是民國，」苗君儒道，「不叫皇帝，叫總統！」

「總統是什麼東西？」苗山泉問。

苗君儒道，「總統他就是總統，不是個東西！」

說完後，苗君儒突然想笑，中國的語言詞彙實在太精粹，不知不覺的就把人罵了。

兩人聊了很久，好幾次苗君儒把話題轉到尋找那果王陵墓上去，想知道曾祖父後來發生的事情，但曾祖父就是不肯多說，似乎有所顧忌，只是一個勁的勸他不要再往前去了。到後來，曾祖父教他一種奇怪的語言，說是古代羌族人說的話，學懂後，會用得著。

苗君儒開始學得不錯，沒有多久越來越睏，不知什麼時候開始朦朧起來，當他因為寒冷而醒來的時候，發現曾祖父已經不見了蹤影，旁邊的火堆裏只剩下幾根木柴，還有點火，他忙加了點柴火，起身找了一圈，都沒有曾祖父的影子。

光線漸漸明亮起來，林子裏冒起一層白色的霧氣。

幾個負責警戒的士兵抱著槍也睡著了，他想起曾祖父說過的那些女野人，要是這時候那些女野人來襲擊的話，損失可就大了。

他曾祖父是什麼時候走的，去了哪裏，沒有人知道！

他走到大榕樹下，見地上有人畫了一幅圖，他看了一下，見是一個迷宮樣的地方，旁邊還有幾個字，隱約竟和盜墓天書上做記號的地方一樣，諸如「震巽木」、「丙，丁南方火」、「卯木兔」之類的，另外還有一個箭頭。

他看了那箭頭，一直往樹後面而去，好像和圖案沒有什麼關係。便用腳擦去了圖案，順著那箭頭往前走。

在林子裏走了一會兒，見前面的霧氣中有個人影，走近了些，看清了是他的曾祖父苗山泉。

苗山泉站在一個土堆前，對著那土堆不知道說著什麼。

苗君儒隱約聽到曾祖父說道：「……老鬼，他媽的你算得太準了……」

土堆裏埋著的是什麼人，到底是算什麼東西這麼準？

他聽到身後傳來聲響，剛一轉身，見一把手槍就抵在他的額頭上。

第二章

那果王的鎮國兵符

苗君儒自以為是國內考古界的泰斗，
對古代流傳下來的物品的識別上，已無人能及，
哪知天外有天，一個算命看相的人，
竟然懷疑這東西是那果王的鎮國兵符。

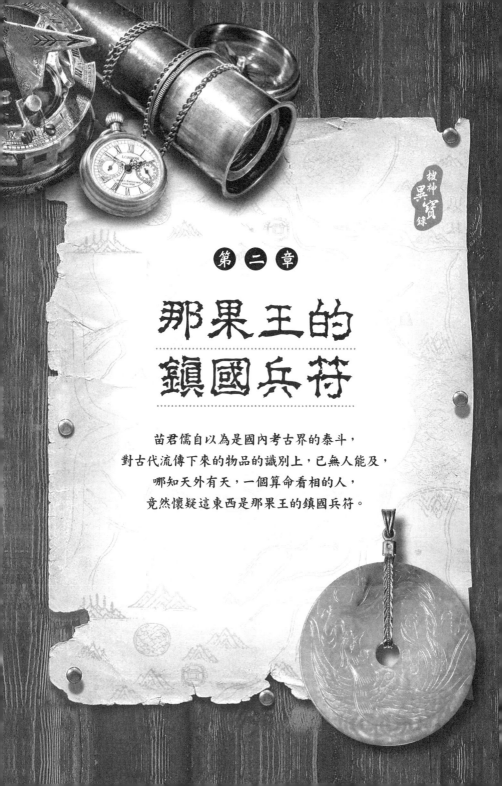

苗君儒看清拿槍指著他的人，就是陳先生身邊的阿強，阿強的身後，還有陳先生和幾個黑衣人。

「我早就覺察到你們兩個人不對勁了，」阿強說道：「想背著我們去尋找陵墓是吧？」

苗君儒冷笑道：「你認為單憑我們兩個人的力量，能夠找到陵墓嗎？」

陳先生道：「你的那位祖宗不讓你去找，是不是他們早就把裏面的東西弄出來了？」

「你認為他面前土堆裏埋著的就是那些東西嗎？」苗君儒冷笑著，想不到陳先生會說出那樣的話，事實上他曾祖父不想他去，是擔心太危險。那果王的陵墓，可不是隨便什麼人都能夠盜的，當年那十二個人，什麼樣的高手都有，最後還是無功而返。

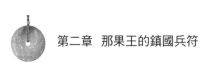

苗山泉看到這邊的情形，追了過來大聲道：「你們想幹什麼？」

「別亂來！」阿強朝苗山泉的腳邊開了一槍：「當年的洋槍有多厲害你應該知道吧，這東西比洋槍厲害一百倍！」

苗山泉是知道洋槍有多厲害的，八國聯軍就是靠著洋槍洋炮，才打敗大清軍隊的。他不敢亂動，緊張地看著苗君儒。

「他們不會殺我的！」苗君儒對曾祖父道。

苗山泉道：「沒有人能夠進去那果王的陵墓，我們當年並沒有找到！」

「咦，你怎麼說話這麼清楚了？」陳先生對苗山泉道：「既然你們當年沒有找到，那現在就可以一起陪我們去找了！」

苗山泉經常對著這土堆說話，只是時間太久，影響了發音功能，發音漸漸不準，剛才與人一番交流，已經恢復了不少，所有他說的話，大家已經能夠聽得懂。

「我不……不……」苗山泉道。

「你留在樹下的那些圖案，我早就看到了，前面還有很多機關，你一定知道如何破解的，對不對？如果你不答應的話，我就將你們兩個人都殺掉！」陳先生道：「別考驗我的耐性！」

苗山泉看著指在曾孫子頭上的槍，點頭道：「我帶你們去！」

陳先生笑起來，說道：「識時務者為俊傑，以後我們就叫你老爺子吧，看來老爺子年輕的時候，也是個很豪爽的人，所以才結交了那麼多朋友，一起來找這個大墓！」

方剛帶著士兵走過來了，後面跟著蘇成等人。

「把那土堆挖開！」陳先生對方剛道。

「裏面就一個死人，」苗山泉道，「人都死了那麼多年了，就不要去打擾了！」

「幹你們那一行的，不就是活人打擾死人嗎？」陳先生說道：「我不相信你們當年沒有弄出什麼好東西來！」

幾個士兵在方剛的指揮下，將苗山泉逼到一旁，拿著工具幾下就將土堆刨開，土堆本來就很淺，大家看到了幾根混在紅色泥土中的黃色人骨頭。

苗山泉站在一旁喃喃道：「老鬼，你平生最會算，算這算那，就是沒有算到死後還被人刨墳挖骨。」

看著土堆中的那幾根骨頭，幾個士兵停止了手中的動作，其中一個士兵將手中的工具用力往土中一插，想就此罷手，不料大家都聽到了一聲沉悶的聲音，好像那工具插在了什麼東西上。其他幾個見狀，忙朝那裏挖了起來，沒幾下便挖出了一個木頭的盒子。

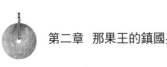

這木頭盒子與苗君儒前面見過的差不多，顏色是暗黑的，埋在這濕土中幾十年，居然沒有半點腐爛的跡象。

一個士兵順手抓了幾把雜草，將沾在木頭盒子外面的泥土抹掉，小心地抬著盒子，放到一旁，看著他那吃力的樣子，顯然這盒子不輕，估計也是黑檀香木製成的。

林中雖然有霧氣，但由於遠處的雪山映射，光線還是明亮。那士兵怕盒子中有什麼暗器，隔得遠遠的，用匕首挑開盒蓋。

盒蓋一打開，眾人只覺得眼前一陣恍惚，周圍的景色變得朦朧起來，霧氣好像變成了流雲，在身邊流淌，襯托著這晨曦的忽明忽暗，讓人彷彿置身於仙境之中。

苗君儒定了定神，望向那盒子，只見盒子中放著一件碧綠色的東西，像老虎卻又不是老虎，有點像獅子，但是頭部卻像狗，通體碧綠，下面有一個黃金底座，兩者鑲在一起。

光線射到那東西上面後，折射出一種淡綠色的光暈，正是這種光暈，讓人產生了朦朧的色彩。和萬璃靈玉一樣，這東西也有使人迷幻的功能。

只要不是瞎子，都知道這又是一件寶物。苗君儒望著這東西，不知道是什麼，從造型上看，有點像古代的印璽。可是印璽大多是正方形的，考古那麼多年，他還沒有見過長條形的印璽。這東西放在盒子裏，為什麼會和那個叫老鬼的人埋在了一起，這其中有什麼緣故嗎？

一個黑衣人快步上前，蓋上盒子，將盒子捧起，端到陳先生面前。

「慢著！」苗君儒道。

「所有的東西都歸陳先生所有，難道你還想來搶嗎？」那黑衣人冷笑道。

苗君儒道：「我只想看一看是什麼東西，說不定這東西能夠破解我們進入陵墓的最後一道機關！」

後面的那句話，是他隨口說的。作為考古人，有必要對見過的每一件古物進行鑒定，這對他研究那果王朝有很大的幫助。

「給他看，」陳先生道。

那黑衣人將盒子捧到苗君儒的面前，苗君儒接過，放到地上打開，輕輕將這東西從盒子裏拿了出來，大家的面前再次出現那種朦朧的迷幻景色。

苗君儒看著手上的東西，這東西長一尺半，寬六寸，高約五寸，底座是純金打造，重約六到七公斤，拿在手裏顯得很沉。上面是一個狗頭虎身豹尾的動物，他用手一碰，便覺得冰涼無比，知道是用冰寒青玉鏤刻而成，狗頭上的兩隻眼珠呈紅色，是兩顆紅寶石。

綠色的身子和紅色的眼珠，這東西看上去顯得有些怪怪的，但卻說不出怪在哪裏。他翻過來，看這個東西的底部，原以為會有一些字，哪知下面平平整整的，什麼都沒有。

在中國的考古史上，也有不少圖案和這個動物相似，但都以虎頭和豹頭為主，從來沒有見過狗頭的。

狗在漢族傳統文化中，是很低等的動物，豪門權貴根本不屑用狗來做印，更不要說是王侯將相乃至皇族了。

這東西到底是什麼？起什麼作用？饒是苗君儒學識淵博，也無法明白。

他低頭的時候，看到盒子底部好像還有東西，仔細一看，是一頁紙，隨手拿了起來，見是一張黃表紙，紙上的字跡很模糊，並不是用墨汁寫的。

苗山泉道：「那張紙是他死前用炭灰寫上去的，還說什麼一定會有人看到，當時我還不相信。」

是用炭灰寫的，怪不得字跡這麼模糊，黃表紙上的字體是清朝人最喜歡用的楷體字，書寫者寫得有幾分潦草，有的地方已完全看不清了，但是大體上還是勉強可以分辨得出來：吾乃河南洛陽一閒人，懂得些周易八卦，梅花易數之道，平日裏為人算命為生，被稱為神算子，吾與眾友人結伴前來盜挖那果王陵，奈機關重重，死傷數十人，方至外寢，已無力再入……吾得一寶物，疑是那果王鎮國兵符……萬璃靈玉日後若現世，後人必會前來尋墓……

看懂了這麼多，已經足夠了。苗君儒顧自笑了一下，他自以為是國內考古界的泰斗，對古代流傳下來的物品識別上，已無人能及，哪知天外有天，一個算命看相的人，竟然懷疑這東西是那果王的鎮國兵符。

古代的兵符，都以虎頭為印鑒上的鎮物，稱為虎符，乃是皇帝賜給掌握兵權的人，用來調兵遣將的。

那果王是羌人，與漢人不同，用這東西來做鎮國兵符，也不是沒有這個可能，要是能夠找到相關的文字證據來證明這個東西的用處，就更好了。

和盜墓天書中的一樣，在這頁紙上，已經說清楚他們已經到了那果王陵墓的邊上，只是沒有辦法進去。

「看懂了麼？」陳先生在一旁有些著急地問。

苗君儒微微點了點頭，將那頁黃表紙遞給陳先生，說道：「你也看一下吧！」

陳先生接過來，只瞄了一眼，便丟到一旁：「我看這些東西做什麼，只要你把我們帶進王陵就行了。」

他吩咐身邊的人，將盒子裏的寶物收好。看在這寶物的面子上，他又吩咐方剛手下的士兵，將那些刨出來的骸骨重新埋好。

阿強朝苗山泉做了一個手勢，說道：「你可以在前面帶路了！」

苗山泉道：「你們進不去的！」

「進不進得去是我們的事情，你只要帶我們去就行了！」陳先生道。

苗山泉道：「往前走十里多地就是斷崖，要從斷崖上爬下去！」

說完，他領頭往前走，一百多歲的老人，走路的速度並不慢。其他人緊跟在他的身後，阿強用手槍指著苗君儒，他這麼做是為了制約苗山泉。

他們在樹林裏穿梭，用砍刀在枝蔓交錯的林子裏砍出一條路，走了約五六公里，眼前突然開闊起來，腳下沒有路了，他們看到一個很大的山谷，往前走一點

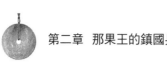

就是斷崖，站在崖上看下面，好像一眼看不到底，看樣子，足有幾千米深。

在旁邊的崖壁上，可以看到一條條如瀑布般順流而下的冰川。這是典型的喀斯特地貌特徵，是遠古冰川時期地殼運動時產生的，俗名叫天坑。

苗君儒覺得這條天坑，應該就是他在「尼瑪尊神」下面的石室中，朝外面看到的那一條，如果真是這樣的話，他們等於兜了一個大彎。

遠遠地，他看到三座成品字形狀的雪峰，和盜墓天書中寫的一樣，看來下面應該就是那果王陵墓的入口了。

那些士兵將身上帶的繩子解下來，連接在一起，大致看了一下，也就是六七百米長，如何能夠下得去？

苗山泉說道：「從這裏下去的話，一次是到不了底的，上下分四層，每一層都有可以站腳的地方，崖壁上有機關，最好不要去碰，每根繩子要兩百丈以上！注意看崖上的字，破解的方法就在崖壁上。」

兩百丈也就是五六百米，他們連接起來的繩子應該夠了。

兩個士兵將繩子的一端綁在離崖邊最近的一棵樹上，另一端丟了下去。

「誰先下？另外獎勵五千大洋，」陳先生大聲道。

一個身材矮小一點的士兵走上前，把身上東西放到一旁，將繩子在腰間纏了一圈，慢慢墜了下去。

剛開始的時候，還能夠和那士兵對上話，漸漸地聽不到了，估計下去了不少路，正要派第二個人跟著下去，突然從下面傳來一聲慘叫，隨即繩子一鬆。那個正要下去的士兵突然腿一軟，趴倒在崖邊。

任陳先生再開出什麼樣的價碼，都沒有人敢下去了。

陳先生望著苗山泉，道：「老爺子，當年你就是從這裏爬下去的，那就爬給我看看！」

苗山泉道：「我這麼大年紀的人，你認為還能爬嗎？」

「你不爬，就你的曾孫子爬，」陳先生道。

苗君儒望著要向崖邊走去的曾祖父，突然道：「等一下！」

「等什麼？」陳先生問，「你想先下去嗎？」

苗君儒道：「用一根繩子單吊下去，不但人很吃力，也很危險，既然已經到了這裏，也不急於一時，安全要緊！」

「你到底想說什麼？」阿強問。

苗君儒道：「我們先在這崖邊住下來，想辦法從林子裏找些樹藤，編成一個大筐子，另外再編一條長繩，用長繩繫著大筐子吊下去，那樣既省力，又安全得多。」

其實他剛才想到的是另一個問題，那就是：當年曾祖父他們最後只剩下三個人，由於麒麟擋路，進不了陵墓，轉了回來，三個中，一個是瞎子，另一個已經身受重傷，他們是如何爬上這麼高的地方的？如果他沒有估計錯的話，曾祖父他們應該是從另一條路上來的，那條路在哪裏呢？

曾祖父不願多談當年後來發生的事情，一定是有原因的，也許原因就在這裏。剛才他看到曾祖父朝崖邊走去的時候，朝他無限留戀地望了一眼，那一眼中，他已經看到了曾祖父抱了必死的決心。

他不想曾祖父去死，也想解開心中的謎團，所以臨機一動，說了那番話。他的話一說出來，不失為一個安全的好辦法。

陳先生笑道：「還是你有主意，很好，我們就按你說的辦，我們有這麼多人，找東西編繩子是輕而易舉的事，多編幾個出來，可以同時放幾個人下去。」

方剛放下東西，帶著一些人進樹林裏找藤條，其餘的一些人則幫著砍樹，蓋簡易窩棚。

苗君儒上前扶著曾祖父，兩人找了一處地方坐下，阿強時刻跟在他的身邊，不時用警惕的目光看著他。

「用得著看得這麼緊嗎？我逃不掉的，」苗君儒對阿強道：「你還是多保護陳先生，我曾祖父告訴過我，這地方時刻有女野人出沒，說不定什麼時候突然射出幾支紅色的箭，就夠大家受的！」

「是呀！我以前經常見到的！」苗山泉一本正經地說：「我還和她們打過幾次交道呢！」

一聽苗山泉也這麼說，阿強面有懼色，走到陳先生身邊去了。

阿強走開後，苗君儒低聲問道：「你真的碰見她們了嗎？」

「是呀！」苗山泉說：「我說的是真的，當年我懷疑她們是保護陵墓的人。」

「保護陵墓的人？」苗君儒微微一驚，他之前想過那些女野人和陵墓有關係，只是沒有想過是保護陵墓的人。

如果那些女野人真的是保護陵墓的人，那是誰要她們保護的呢？兩千多年來，她們就與世隔絕在這山上生活著，為的就是保護陵墓嗎？若是這樣的話，為什麼在女野人的身上會有現代人抽的捲煙呢？

「你當年已經身受重傷，是怎麼爬上來的？」苗君儒的聲音很輕。

苗山泉說道：「我也不知道，當時我們三個人見沒有辦法進去，而你祖奶奶被一陣煙霧熏瞎了眼睛，就往回走，馬大元不小心觸到了機關，掉到一個陷阱裏，我為了救他被大石頭打成重傷，我們三個人互相攙扶著走到外面，剛一見到外面的光，都暈了過去，醒來後就到這上面了！我不斷的吐血，傷得很重，估計活不了了，就叫馬大元帶你祖奶奶走，我還把我身上的盜墓天書以及那塊從大祭司墳墓中挖出來的萬璃靈玉給了他！就是要他出去後，照顧好你的祖奶奶和你的爺爺！」

苗君儒問：「你的意思是，盜墓天書是你的？」

苗山泉點了點頭，說道：「我們是苗人，在宋朝的時候，祖上去中原地區做生意，救了一個漢人的盜墓高手，那高手就把這本書送給了他，之後我們就從事這個營生，算起來到我手上，有十七代了。在苗疆，只要是同道中人，沒有人不知道我苗山泉的。只要被我找到，沒有我挖不開的墓。」

苗君儒說道：「所以他們就邀上你一起了！」

「對於那果王的傳說，我也聽到過，也找過不少地方，就是找不到，當馬大元帶著人來找我的時候，我一口答應下來，」苗山泉說道：「我和馬大元認識了好幾年，合作過幾次，挖開了不少大墓葬！」

苗君儒問道：「你住在這裏幾十年，見過幾次那些女野人？」

「噓！」苗山泉做了個噤聲的手勢，低聲說道：「到時候你就知道了，她們就在這附近！」

苗君儒有些緊張地望了望四周，見朱連生不時也抬頭望著山林，一副心神不定的樣子。

苗山泉笑道：「你放心，有我在，她們不會傷到你的，要按輩分算起來，有幾個還是你的姑婆呢！」

苗君儒想到自己也曾經有過被女野人擄去強行交配的經歷，曾祖父當年肯定是被女野人救了，後來有了進一步的接觸，才生下了那幾個姑婆。曾祖父從開始帶路的地方到這裏，一路上不時撒尿，莫非就是給那些女野人留下資訊？

那些士兵從林中拖出大量的藤蔓，放到崖頂的這塊小空地上，有幾個士兵開始編織起來。

「嗖」的一聲，不知道從哪裏飛來一支紅色的羽箭，射在一個士兵的腳邊。那士兵嚇了一大跳，忙爬起來，拿槍朝林子中一頓亂掃，險些擊中一個從林子裏砍藤蔓出來的士兵。

其他人看到那紅色羽箭，臉色頓時變了，全都放下手中的活聚攏來，端著槍緊張地朝林子裏望著。

苗山泉拖住要起身的苗君儒，低聲道：「不要怕，那是嚇唬人的！她們要是真的射人的話，早就招呼到身上了。她們這是在警告我們，不要下去！」

苗君儒跌坐下來，他望著曾祖父，想不到一百多歲的老人，力氣還這麼大。

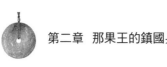

苗山泉望了一眼被阿強和黑衣人圍在中間的陳先生，接著說道：「要真的想對付他們的話，我一個人就足夠了，我們家祖上傳下來的萬蟲蠱，在苗疆是出了名的！」

「我們在來的路上，有一個士兵中的好像也是萬蟲蠱，」苗君儒道：「可是你的人在這裏，怎麼會在那裏去下蠱呢？」

「我教了你那幾個姑婆幾招，那個倒楣鬼中的可能是你姑婆下的蠱，」苗山泉道：「紅色箭桿上的毒，也是我教她們配製的。」

這麼說來，曾祖父所接觸的女野人，與前面阻止他們的那些女野人，是同一批人。

「其實我也想進去看看，那果王的陵墓到底是什麼樣子，」苗山泉道：「雖然我不知道考古是什麼東西，但你是我的曾孫子，我還是幫你吧！如果有命出去的話，我只想把這把老骨頭埋在你祖奶奶的身邊，就心滿意足了。」

他站了起來，朝林子裏胡亂吼了一陣子，大家也聽不清他在說些什麼。

他朝大家道：「沒有事了，你們繼續做你們的吧！等下可能會有幾個女野人要出來，你們不要碰她們，最好大家相安無事，否則你們誰都回不去，全都會死在這裏，而且死得很慘！」

陳先生點點頭，大聲道：「都聽老爺子的，大家不要亂來！」

大家當然不敢亂來，各自站著不動，也不敢繼續手頭上的事情。

沒有多久，從左側的林子裏走出三個女野人，為首一個女野人身材高大碩壯，脖子上掛著一些飾物，每走一步，脖子上的飾物都發出耀眼的光芒。上身披著草綠色不知是什麼東西做成的衣服，下身圍著獸皮製作的裙子，手上拿著一支長矛一樣的武器，腰裏挎著一個皮製的袋子。旁邊的兩個女野人，裸著上身，露著兩個大奶子，下身圍著獸皮製作的裙子，手上拿著一張弓，腰間有箭袋，裏面還插著幾支令人膽寒的羽箭。

苗山泉迎上去，朝為首那女人嘰哩呱啦地說了幾句，那女野人望著苗君儒，嘿嘿地笑起來，露出一口黑褐色的大牙齒。

她們對那些站在旁邊持槍的人似乎並不害怕，其中一個女野人走過去，想要去拿一個士兵手中的槍，那士兵嚇得連連後退。那女野人好像火了，從箭袋中取出一支箭，搭在弓上要射。

那些士兵全都將槍口對準女野人，隨時準備開火。

「不要亂來！」苗山泉見狀大聲道，接著朝那女野人吼了幾句，那女野人似乎不服氣，卻也無奈地走到一邊去了。

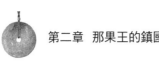

苗山泉招手叫苗君儒過去，指著為首的女野人說道：「這是你其中的一個姑婆，她是首領！」

為首的女野人張開雙手一下子抱住苗君儒，一副很親熱的樣子。苗君儒可受不了了，整個頭部都被埋在那兩個乳房中間，鼻子裏聞到一股很難聞的怪味，身體彷彿被兩根鐵箍緊緊箍住一般，勒得他幾乎喘不過氣來。掙扎了好一會兒才被放開，忙跑到一旁大口大口的喘氣。

為首的女野人看了幾眼那些年輕而又身體強壯的士兵，對苗山泉嘰哩咕嚕地說了幾句。

苗山泉走到陳先生面前問：「你們想不想平安進入那果王的陵墓？」

陳先生道：「當然想呀！」

苗山泉道：「這些女野人是保護那果王陵墓的，一兩千年了，都沒有人進來後能夠活著出去。她們沒有男人，平時都是下山擄男人上來交配的，現在她看上你手下的人，行還是不行你看著辦吧！」

要和這樣的女人發生關係，倒是陳先生沒有想到的，他想了一下，對方剛道：「你安排幾個人吧！」

方剛為難地說道：「這種事情，誰會願意？」

陳先生道：「雖然噁心了點，可終究是女人，那東西都是一樣的，和這些女野人拉好關係對我們沒有壞處，總比被人射死的好，苗教授不還有幾個姑婆嗎？」

方剛想了想也是，當場挑出了幾個身體強壯的士兵，那幾個士兵儘管不願意，但是沒有別的辦法。除掉身上的裝備後，跟著那幾個女野人走進了林子裏。苗君儒注意到，自從這三個女野人出現後，朱連生一直都皺著眉頭，也不知道他心裏在想什麼。他望著曾祖父時候的眼神，似乎有一絲怨毒。

那些女野人走了之後，其他人開始各自忙碌起來，沒有多久便編了兩個筐和一根五六百米的藤繩。方剛仔細檢查著每一個接頭處，怕有疏忽的地方。

做好這些工作的時候，天色已經晚了。大家升起了篝火，圍著火堆吃乾糧。這時有幾個人發現，他們帶來的乾糧已經吃完了。

沒有吃的，這可是大事，餓著肚子誰也走不了路。有人提議去林子裏打些獵物來填飽肚子，這是個好主意，可是方剛帶了幾個人，到林子裏轉了一圈，獵物沒有打到，倒是拖回來了一具屍體。他們中的一個士兵不小心被蛇咬了，沒熬過兩分鐘就斷了氣。

「這裏有很多蛇的，都很毒，被咬著就沒命！」苗山泉道：「山上的獵物本來就不多，很難遇的，今天太晚了，明天帶你們挖點東西吃吧！」

可是餓著肚子是睡不著的，方剛將別人的乾糧勻了一些給那沒有東西吃的人，先度過這一晚再說。

苗君儒和曾祖父坐在火堆旁，他幾次想脫下棉衣給曾祖父穿上，都被推開。苗山泉道：「這麼多年，早就習慣了，不覺得冷，穿著衣服還不舒服！」

他又教了苗君儒一些古代的羌族語言。

程雪天坐在另一堆火堆旁，和幾個士兵談天說地，不時朝這邊望。朱連生坐在他的身邊，一聲也不吭。

第二天清晨，那幾個士兵被女野人送回來了，一個個精神萎靡不振，手腳都軟綿綿的。一同被送回來的，還有一具屍體。

大家一看，竟然是程雪天。昨天晚上還好好的，怎麼就死了呢？沒有人知道他是什麼時候離開的。

程雪天的眼睛微微張開著，臉上的表情很痛苦，他是被人用石塊砸中後腦而死的。

苗山泉和一個女野人一番嘰哩咕嚕後，告訴大家，女野人是在林子裏發現這具屍體的。

「媽的，」陳先生突然叫起來，「我的那塊萬璃靈玉不見了，是誰偷了我的萬璃靈玉？」

陳先生平時睡覺的時候，都有阿強和幾個黑衣人在旁邊守著，別人近不了身。昨天晚上由於不用擔心被人襲擊，方剛破例只安排了兩個人負責警戒，那兩個人到後半夜都睡過去了。

大家都很累，一覺睡過去後，都睡得很死，周圍發生了什麼事情，根本不知道。

方剛搜了一下程雪天的屍體，找出了那塊萬璃靈玉，還有盜墓天書。

苗君儒什麼時候被程雪天從身上拿去了那本盜墓天書，他根本不知道。在方剛的手裏，還有一封信。

苗君儒望著那信封上的字，突然呆了。

第三章

血色石碑

由雪變成的水，順著碑面流下來後，
一接觸到石碑上的字，立刻變成了紅色的血水，
那些字也變成了紅色，似乎有血水從字裏面滲出來。
不一刻，整個碑面都已經成了紅色，
不斷往下淌血水，一陣陣熏人的血腥味，
正從石碑上散發出來。

苗君儒走上前，從方剛手中拿過那封信，這封信是他二十年前，在雲南考古的時候，又聽到一個關於那果王的傳說，而寫給遠在北京大學的廖清的，在信中，他再一次肯定了那果王朝的存在。

這封信應該在廖清的手裏，怎麼會到了程雪天的手上？程雪天帶著這封信是什麼意思呢？他為什麼要偷走那兩件東西獨自離開大家，又是什麼人殺了他呢？

苗君儒望著程雪天，心中無限感慨，這個揚言要殺掉他的年輕人，此時卻被別人殺了。

苗君儒蹲下身子，將程雪天的眼睛合上，他是廖清和程鵬的兒子，是地質界的後起之秀，就這麼無緣無故的死了，還不知道殺他的人是誰，為什麼要殺他。

他突然看到程雪天右手的指縫間，有幾根長長的白色毛髮，心中頓時一動，想到：難道是曾祖父殺了他？可是他與曾祖父之間並沒有恩怨，曾祖父也不可能朝一個陌生的年輕人下手。可是這種毛髮，也只有曾祖父身上才有。

今天早上醒過來的時候，苗君儒明明看到曾祖父就睡在身邊。但是早晨睡著的人，並不能排除晚上去做了什麼。除非有人扯了曾祖父身上的毛髮，嫁禍給他。

陳先生放好那塊萬璃靈玉，揮了一下手，幾個士兵上前，抬起程雪天的屍體，到一旁的一棵樹下，要挖一個坑埋了。

苗山泉上前道：「屍體別浪費了，到了下面用得著的。」

苗君儒想起了盜墓天書上寫的那個陝西人王角，就是以屍體填洞的。如果真要拿程雪天去填洞的話，他還有些不忍心，畢竟是廖清的兒子。

他朝曾祖父道：「讓他們去埋吧，死的是我一個朋友的兒子，我不忍心用他的屍體去填洞！」

「什麼，你也知道用屍體填洞的事情？」苗山泉問，「你是怎麼知道的？」

「馬大元將當年的經過都寫在盜墓天書上了，」苗君儒道：「他一再交代他的後人，不能前來尋找那果王陵墓。」

「既然不讓後人來找，還留下那些東西做什麼，這不是害人嗎？」苗山泉大叫，一副很生氣的樣子：「你不用他的死屍去填洞，那要誰去？當年我們二十多個人，到那裏的時候，還剩下十七個，是抽籤決定的，等到了那裏，你們也要抽籤嗎？」

苗君儒看了一下大家，說道：「如果我沒有想錯的話，一定是我們這裏的一個人殺了他，如果我們找出那個人，就用他填洞！」

那幾個士兵將程雪天埋了起來。

那女野人首領朝苗山泉叫起來，苗山泉回了幾句，連連搖頭。這次大家都看出來了，那些女野人好像並不滿足，還要找幾個去。

「她們部落裏的習俗，是生下男孩後直接殺掉，所以沒有男人，」苗山泉對大家道：「沒有辦法了，可能要多幾個人去。」

「要是這樣子下去，沒完沒了的，也不是辦法呀！」方剛道：「你們看他們幾個人的身體，幾天都恢復不過來，要不我們找到這些野人住的地方……」

他望了一眼陳先生，沒有往下說，但是話裏的意思很明白，就是找到女野人住的地方，把這些女野人全部殺掉。

「我到現在還不知道她們住在什麼地方，」苗山泉道。

被送回來的其中一個士兵說道：「我們跟著她們走著走著，沒有多久就暈過去了，醒來後發覺在一個大山洞裏，裏面有很多女野人，今天早上被送回來的時候，也是迷迷糊糊的，根本不記得路。」

方剛已經有了辦法，就是要幾個士兵跟著女野人走，他帶幾個人在後邊跟蹤，只要找到女野人所居住的地方，就好辦了。

他點了幾個士兵，要那些人跟著女野人走。這些士兵平日裏很少接觸女人，又不敢違反軍紀去強姦良家民女，偶爾幾個一起，拿著津貼去妓院瀟灑一兩次，無奈妓院的花銷太大，也不敢去太多次。眼下見前次去的士兵並無生命之憂，想想雖是野人，但終究是女的，心中早已癢癢的按捺不住，見方剛點到自己，便放下手中活，跟著那幾個女野人往林子裏走。

方剛和另幾個士兵，持槍偷偷跟在那些人的後面，進了林子，剛走不了多遠，「嗖」的一下，一支紅色的羽箭射在他的腳前。想不到這些女野人還留了這一手，他站在那裏，再也不敢往前走，眼睜睜的看著那些人走入了林子的深處。他們在原地待了一會兒，悻悻地回頭。

陳先生見方剛那沮喪的樣子，便知道沒有戲了，他把方剛叫到一旁，兩人商量著儘快下懸崖。要是再在這地方待下去的話，會被那些女野人將大家全「那個」掉。

帶來的乾糧已經吃得差不多了，好在苗山泉帶著幾個士兵，找到一些藤狀的植物，把根給挖了出來，那些根像極了山藥，有手臂般粗細，切開後流出白色的汁，想必澱粉含量很高。這東西雖然吃不飽，但充饑還是可以的，總比沒得吃來得強。

方剛吩咐那些士兵多挖些出來，帶在路上吃。

另外一些人用藤索穩穩繫住那筐，一個士兵坐在筐內，正要想往崖下墜。

「等一下，」陳先生上前道，「這裏不是有兩個筐麼，用那一條繩子繫住，就可以同時下去兩個人了。」

兩個士兵忙把那垂下去的繩子拽了起來，繫住了另一個筐。

苗君儒見陳先生望著他，知道是叫他先下去。

「去吧，沒有事的，記著千萬不要碰岩壁，」苗山泉在旁邊道。

苗君儒點了點頭，拿了自己的工具袋，上前坐到筐裏。兩個筐子同時從崖上墜下，那些士兵每五個人一組，緊抓著繩子，慢慢將他們往下放。他看了一眼旁邊筐子裏的那個士兵，見那個士兵緊閉著眼睛，任憑筐子往下落。他低頭往下看了一下，突然感到一陣昏眩。下面也不知道有多深，只覺得是暗綠色的一大片，估計天坑是下面那些植物的顏色。在離崖頂幾百米的地方，有一大塊凸出來的岩石，剛好形成一個平台，可以落腳。

下墜到五六十米後，他看到岩壁上有一些字跡，字跡有些模糊，看得不太清楚，想用手去碰，伸出手後立即縮了回來，他想起了曾祖父的話：這岩壁是碰不得的。

岩壁上有一些坑坑窪窪的地方，還有一些圓形的洞，想必就是發射機關的地方了。可是岩壁上並沒有人為雕琢過的痕跡，看不出有機關的樣子。兩千年前的古人要想在這岩壁上設機關，那該是一項多麼大的工程？

正想著，苗君儒看到從一個洞內緩緩伸出了一截黑色的東西，看上去就像一根樹枝斜插在岩壁上。一隻小鳥從下面飛上來，興許是飛累了，看見一根樹枝，正要停上去時，那根樹枝突然一動，小鳥突然就不見了，樹枝也就慢慢的縮了回去。

再往下了些，他看到岩壁上伸出許多那樣的樹枝。他明白過來，原來岩壁上並沒有機關，那些從洞裏伸出來的樹枝，是一種蛇。他原來在西藏那邊考古的時候，在嚮導的帶領下進入一條大峽谷，也見過這種生活在岩壁上的蛇，這種岩蛇習慣生活在高高的岩壁上，奇毒無比而且動作很快，一旦進入這種蛇的伏擊範圍，絕少有人或動物能夠倖免。

難怪曾祖父要他千萬不能碰岩壁，手一碰到岩壁，就等於在這種蛇的洞口上，還沒有等你反應過來，就已經被咬了。

他很想看岩壁上刻的字，盜墓天書上說這些字關係到接下來的行程，可是他所處的位置只能看到幾個字，這些都是類似東巴文字的象形字，若不整體看到的話。是很難解讀出這些字的真正含義的。

有心去看，可是他坐在筐子裏，沒有辦法使自己改變位置和方向，他叫了幾聲那個筐子裏的士兵，那士兵睜開眼睛，看到岩壁上有樹枝一樣的東西，忙用手去拿。苗君儒出聲制止，已經遲了，那士兵早已經被蛇咬了一口，痛得大叫起來，臉色漸漸變了，沒有多久便停止了呼吸。

「快把我們拉上去！」苗君儒對著崖頂大聲叫。

兩個筐子同時往上升，到了崖頂上，那個士兵的屍體被人從筐子裏抬了出來。苗君儒把下面的情況對大家說了一下。

有了前車之鑒，沒有人再敢大意。進到筐子裏後，每個人手裏再拿著一根兩米長的棍子，是為了預防筐子在下墜的過程中貼上岩壁，如果發現蛇從岩壁上伸出來，還可以用棍子去敲打，不用擔心傷到自己。

苗山泉看了看天色，自言自語道：「上次我們是正午時分下去的，並沒有看到蛇呀！」

苗君儒從另一個方位下去，也只看到一部分字跡。若想全部看到，是不可能的，唯一的方法就到了下面的之後，找一個地方，用望遠鏡看。

就這樣一層一層的終於下到了最下邊，站在溝底往上看，天空彷彿只剩下一條線，兩邊高聳的峭壁，直入雲中。他們落腳的地方剛好有一小塊平地，再往前就是茂密的森林了，高大而茂盛的樹木，長著一片片寬而厚的葉子，完全遮住了從上面落下來的那一點陽光，林子裏顯得很黑暗。

那幾個被女野人帶去的士兵還沒有回來，方剛留了一個人在上面，要他等那幾個人回來後，然後想辦法一起下去。

苗君儒從工具袋中拿出望遠鏡，朝崖上看了看，距離太遠，他還是沒有辦法看清。

「看了也沒有用，走一步算一步吧！」苗山泉說道：「當年我們也沒有人知道那是什麼意思，還不是闖過去了。」

他身上背著一副自製的弓，腰間的皮袋裏還插著幾支箭。看他這模樣，使苗君儒想到了史前人類。

那具從上面掉下來的士兵屍體，就在前面的不遠處，身上爬滿了黑色的蟲子和螞蟻，有兩個士兵想上前收屍，被苗山泉擋住。

苗山泉說道：「如果你們想像他一樣就去碰，這裏的每一個小蟲子，都有劇毒，大家一定要小心！最好戴上防護的東西，當年我們都是用皮子把全身包起來的！」

不少人趕快找東西把身上裸露的地方包了起來。

陳先生走到苗山泉身邊，問道：「往哪個方向走？」

「沒有方向，」苗山泉說道：「也沒有路，往裏面走就是，到時候我會提醒你們將耳朵塞起來！」

「為什麼要塞起來？」蘇成問道。

「一種很恐怖的聲音，」苗山泉說道：「會讓人發瘋的！還有千年乾屍堆，你們要是害怕的話，可以回去。」

除了陳先生和蘇成外，這些人幾乎都是從屍堆中滾過來的，千年乾屍並不可怕，怕的就是那些機關和叢林中恐怖的生物。

苗君儒隱約看到斜對面的峭壁上有一個小黑點，用望遠鏡望去，見峭壁上是一個洞，從洞壁的形狀看，正是那個塌方的石室。

他當初的想法是正確的，如果從那個石室上下來，就不用繞這麼多彎路。他看了一下身邊，一百多人的隊伍，到現在只剩下十來個人了。

方剛安排了四個士兵，用大砍刀在前面開路，每隔兩個小時就換一班人。

林子很密很暗，藤蔓相互糾纏在一起，根本沒有路。進入林子後，地面上的雜草由於接受不到陽光，很稀疏，倒是有一層厚厚的樹葉，腳踩上去軟綿綿的。

陳先生問：「要走多久？」

「一天！」苗山泉說道：「看到山頂跑死馬，這個道理你們不是不知道！」

一個士兵見前面一根粗大的樹藤擋道，用力一刀砍下去，原以為會把樹藤砍斷，哪知砍刀陷入了樹藤中，刀口處流下紅色的血，那樹藤竟動了起來。從旁邊的樹上，「忽」的一下伸下來一顆簸箕大的蛇頭，一口將愣在那裏的一個士兵吞掉。

「是蛇！」另一個士兵發出一聲大叫，轉身就跑。

方剛手中的槍響了，子彈射入蛇頭中，其他幾個士兵也拚命開槍，蛇血四濺。那蛇吐出被吞掉的士兵，尾巴一擺，將一棵大樹的枝椏打斷，蛇頭重重的垂了下來。

落在地上的那士兵，渾身沾滿了白白的黏液，身上也中了幾發子彈，躺在地上沒有多久就咽了氣。

一個士兵衝上前，揮起砍刀，沒幾下就將蛇頭砍了下來，一腳踢到了旁邊。剛才那個被蛇吞掉的，是他的好友，他這麼做是在替好友出氣，他望著地上的屍體，扔掉手中的刀，號啕大哭起來。

苗山泉說道：「這蛇屍有用處，前面不遠就是毒蜂洞，必須要用帶血的東西堵住那個洞，才能過去，否則，大家都會被毒蜂螫死！」

「對付毒蜂的話，我們可以用火！」蘇成說道：「我以前在美國那邊的密西西比河流域考察時，當地的土著人都是用火對付毒蜂的。」

苗山泉說道：「一百多年前就有人試過，除兩個人逃出去外，其他的人全死在這裏了，後來有一個祖上是祭司的人想了一個方法，就是用屍體堵住毒蜂洞，才安全過去了！」

「你的意思是，在你們之前就有人來過這裏？」陳先生問。

苗山泉說道：「這一千多年來，也不知道有多少人來找過，可都是無功而返，你們是這幾十年來的第一批人。」

兩個士兵將蛇屍砍成幾段，選了最大的一段，用幾根藤條綁了，在地上拖著走。

往前走了一段路，大家看到一個動物從一棵大樹後面慢悠悠地走了出來，那動物似乎並不怕人，站在樹邊看著他們。

「麒麟，是麒麟！」蘇成叫起來：「我以為麒麟只是傳說中的動物，沒想到地球上還真的有！」

樹下的那隻動物，長著一對梅花鹿一樣的角，四支牛一樣的蹄子，前吻突出，和畫中的龍嘴一樣，項下一圈像獅子一樣的長毛，身上披著一層金黃色鱗片，馬尾一樣的尾巴，正左右擺來擺去。

「這可是個活的寶貝，快抓住牠！」陳先生叫道。

不等那些士兵撲上前，那麒麟的身影一晃，已經轉入林中不見了。

「可惜我的相機丟在草地邊上了，要不然的話，拍下幾張照片回去，一定會引起轟動！」蘇成非常遺憾地說道。

苗君儒說道：「這裏的每一樣東西，拿出去的話，都能夠引起轟動！」

他說的都是實情，這裏的每一種動物，都是珍稀的品種，要是拿出去的話，都能夠引起轟動。

苗山泉說道：「注意腳下，不要碰到螞蟻窩！」

有苗山泉在一邊不時的提醒，省去了不少麻煩，無形之間也救了不少人的命。

走在最前面的那幾個士兵，每走一步都很小心。無知和莽撞付出的代價是很慘痛的，大家都看到了。

苗山泉看到一塊剝去樹皮的大樹，說道：「就到毒蜂洞了，找兩個人拖著蛇屍，要全部堵著那個洞口，絕不能讓毒蜂跑出來，一點縫隙都不行！」

要是穿著防護服，戴著防毒面具，也許不怕毒蜂，可是現在大家身上除了一層厚厚的棉衣和裹在身上的被子外，什麼都沒有。

「如果沒有人去的話，就只有抽籤了！」苗山泉說道：「如果那兩個人速度快的話，應該會沒有事的。」

抽籤的結果是，一個叫阿彪的黑衣人和一個士兵被抽中了。

「你們兩個不用怕，其實也沒有什麼大不了的，」苗山泉說道：「我會跟著你們，教你們怎麼做！」

那兩個人抬著蛇屍，面露懼色的在前面走著，苗山泉跟在他們的身後，三個人轉過那棵大樹，往前去了。其他人暫時留在原地。

苗君儒將工具包取了下來，放到地上，坐在工具包上休息。幾分鐘後，他聽到一陣連串的慘叫聲。他和其他人朝發出慘叫的地方望去，見只有苗山泉一個人跑了回來。

「那蛇屍不夠大，塞不滿洞口，還好現在是冬天，毒蜂不想動，只飛出來幾隻，活該他們兩個人倒楣，還好我跑得快，不然也和他們兩個一樣了，」苗山泉說道：「和七十多年前一樣，有一個人用他的屍體堵住了洞口，這是天意呀！現在可以過去了。」

苗山泉帶頭在前面走，苗君儒緊隨其後，轉過那棵大樹，看到不遠的地方有一棵更大的榕樹，枝葉像一把巨大的傘蓋一樣張開，樹蔭下沒有雜草，只有厚厚的一層腐爛的樹葉，樹枝上還有不少鬚根垂下來。那兩個人的屍體就倒在主樹幹的下面，屍體俯臥著。

在榕樹下，至少有上百具骸骨，那個叫阿彪的黑衣人，和蛇屍倒在一起。他臉上的皮膚，和身上的衣服一樣，成了黑色。在阿彪的屍體下面，還有一具骸骨，那具骸骨身上的衣服早已經腐爛，倒是腳上的那雙清朝官靴，還是原來的樣子。想不到這種牛皮製作的官靴，還挺耐腐的。這個人應該就是盜墓天書上說的陝西人王角了。

在清朝，官靴可不是普通的人能夠穿的，這王角到底是什麼身分的人呢？

另外一具屍體好像往回跑了幾步，皮膚也成了黑色，七竅流血，臉上的表情很扭曲，一副死得很痛苦的樣子。那些毒蜂確實讓人感到恐怖。

過了毒蜂洞，一行人沒有人敢停留，往前走了大約兩公里，見到一塊很大的石碑，石碑通體暗黑，有三丈來高，一丈來寬，抬頭望去，只見石碑頂有一個石像，石像騎在馬上，一副英姿煥發的樣子，揮舞著手中的長刀，彷彿正指揮著千百萬大軍向前衝鋒。

苗君儒望著石像說道：「這就是那果王了！」

石碑上有一行很大的隸書，每個字都有兩米見方：死亡永遠伴隨著你們！

從上山開始，這樣的字跡他們已經見過好幾遍了，並不感到害怕。

「下雪了！」不知誰叫了一聲。

大家昂著頭，果然見從灰濛濛的天上飄下大朵大朵的雪花。雪花落在石碑上，變成了水。順了碑面流下來。

「流血了！」一個士兵叫起來。

大家看到由雪變成的水，順著碑面流下來後，一接觸到石碑上的字，立刻變成了紅色的血水，那些字也漸漸的變成了紅色，似乎有血水從字裏面滲出來。不一刻，整個碑面都已經成了紅色，不斷往下淌血水，一陣陣熏人的血腥味，正從石碑上散發出來。

刺目的紅色，讓大家越看越心驚，越看越害怕。一種沒來由的恐懼，緊緊地抓住了大家的心。

「不要看！」苗君儒大聲道。

他的話音剛落，只見一個黑衣人舉著手槍，朝自己的頭上開了一槍，腦漿和鮮血濺了旁邊的人一身。

這塊石碑產生的氣味，可以讓人產生幻覺，抑制力稍微差一點的人，會忍不住自殺。

大家低著頭，從石碑的側面走過去。在石碑的後面，有一條青石板鋪成的路。一看到這種路，大家的心裏又懸了起來。每一塊石板的底下，也許都暗藏著機關。

苗君儒瞄了一眼石碑的背面，上面很平整，並沒有字，只是不斷有血水一樣的液體，從上面流下來。

這塊碑石想必也是不平常的東西，否則也不會出現這樣的效果。他在青海那邊考古時，見過一種紅色的岩石，下雨的時候，岩石就往外冒紅色的水。他把那種岩石帶回北京找人研究過，原來是岩石內含有超高濃度的二氧化矽，這種岩石的質地很鬆軟，一遇帶有酸性的雨水，二氧化矽便會從岩石中分解出來，形成「血水」。

含有二氧化矽的岩石，都是紅色或者淡紅色，絕不可能是暗黑色的，而且流出的血水，顏色並不濃，遠沒有這石碑上流下來的血水那麼觸目驚心。

雪越下越大，鵝毛般紛紛揚揚，兩邊的樹林顯得更加陰暗，石板上很快積了一層雪，與林子裏一比，反襯得像一條光明大道。

有人提議還是沿著林子往前走，沒有敢走這條石板路。

陳先生望著苗山泉沒有說話。

「看我也沒有用，」苗山泉說道：「當年我們在林子穿過來的時候，並沒有看到這塊石碑和這條路，倒是有一個人問了一聲，說怎麼沒有見到石碑呢?當時我們也沒想太多，沒見著就沒見著，也沒有再問他。」

「他之前是不是來過一次?」苗君儒問。

「不是猛龍不過江，他有沒有來過我可不知道，他就在前面，不過已經死了幾十年!」苗山泉說道：「就算他沒有來過，也一定從什麼地方知道了這裏的情況，就好像你們一樣。」

有兩個士兵試探著往兩邊的林子裏走，走不了幾步就退了回來。

苗君儒問：「怎麼了?」

一個士兵道：「林子都是螞蟻堆，根本沒有辦法走!」

兩邊的林子走不了，就只有從這條青石板路上走過去了。但是從青石板上走的話，不知道會有什麼樣的後果。

「我有辦法，」朱連生上前道，「找兩根長棍子，左右夾著這塊石頭，儘量往前推，這塊石頭的重量和一個人差不多，應該可以引發石板下面的機關。」

在石碑的旁邊，有幾塊大石頭，也不知道是做什麼用的。他的話剛落，就有士兵已經行動了。沒有多久就已經把一塊石頭用棍子綁好，四個士兵抬著往第一塊青石板上一丟。

兩個士兵一左一右用長棍子頂著那塊石頭往前推，青石板上很滑，推起來倒不太吃力。其他人相繼跟在他們的後面。

往前走了幾百米，並沒有觸發任何機關。苗君儒開始懷疑這條青石板路上，並沒有埋設機關。若整條路上都沒有機關的話，似乎太不合常理。

大家提心吊膽地又往前走了一段路，看到前面的路口有一大塊紅紅的石碑，走近一看，竟和他們之前見過的石碑一模一樣，再一看兩邊的樹木，和原來的也是一模一樣，那個自殺的黑衣人屍體，還在旁邊的草叢中躺著。難道轉了一圈，又走回來了？

「砰！」又一聲槍響，陳先生身邊又倒下了一個黑衣人。

「快走！」苗君儒大聲道。

苗君儒從工具包中拿出指北針，憑感覺，他剛才走過的路雖有些彎曲，但卻並不是弧形的，怎麼會轉回來呢？這其中定有蹊蹺之處。

兩次經過這塊石碑，就死了兩個人，若再轉下去，所有的人都會死在這裏。路上並沒有埋設機關，因為機關就在這裏。

「不用石頭在前面推，」苗君儒說道，他已經走在了最前面。在石板路上，剛才走過的痕跡已經被雪覆蓋住了，他看著兩邊的林子，不時看一下手中的指北針。路上很滑，好幾次他都差點摔倒。曾祖父苗山泉走在他的身後，手上不知什麼時候拿了一些乾樹枝，每走上一段路就插上一根。

石板路在林中彎曲前行，苗君儒手中指北針的指標微微左右搖晃，但是總的方向不變。走了一陣子，他又看到了那塊石碑。

他的頭立刻大了，照這麼走下去，一輩子也走不出去。他手中指北針所指的方向並沒有變，但事實上，卻轉回了原來的地方。

一聲槍響，又一個黑衣人倒了下去。

士兵們見的血要比這些黑衣人多得多，所以抑制力比黑衣人也要強得多。剛才陳先生兩次拔槍想要自盡，都被阿強搶下來。此時他身邊，除那些士兵外，就只有阿強一個人了。

苗君儒望著手中的指北針，除非受到強磁的干擾，否則指北針不會失去應有的功能。

大家相互望著，不敢再走了。

苗山泉用樹枝在雪上畫著一些符號，口中喃喃自語。

苗君儒上前一看，是一副八卦圖。

苗山泉道：「我的手上有六十四根樹枝，每兩百步插一根，回到這塊石碑的時候，剛好插完。這是一個用奇門遁甲之術布下的九宮八卦陣。」

苗君儒的心中一動，想到：這是一個八卦陣。他以前涉及過這類的資料，但沒有過多的深入研究，心中後悔不已。若是精通九宮八卦陣的話，就知道如何破他了。

八卦陣正名為九宮八卦陣，九為數之極，取六爻三三衍生之數，易有云：一生二，二生三，三生萬物。又有所謂太極生兩儀，兩儀生四相，四相生八卦，八卦而變六十四爻，從此周而復始變化無窮。其中八個卦象分含八種卦意：「乾為馬，坤為牛，震為龍，巽為雞，坎為豕，離為雉，艮為狗，兌為羊」，分別是八個圖騰的意思。八卦分別象徵自然界的八種物質，即天、地、雷、風、水、火、山、澤。分為休、生、傷、杜、景、死、驚、開八個門。

古代的軍事上，要破八卦陣的話，按休，生，傷，杜，景，死，驚，開八門。從正東「生門」打入，往西南「休門」殺出，復從正北「開門」殺入，此陣可破。

後人根據九宮八卦陣，創出了「奇門遁甲」這門絕學，「奇門遁甲」所研究的是在探討自然界的磁性作用，在每年、每月、每日、每時中流動情形以至於影響到萬物之靈的因素，歸納出十種活用的符，加以推演。

他想到了那幾個下面畫有虛線的地方，忙把盜墓天書拿了出來，將書中畫有虛線的地方指給曾祖父看。

苗山泉看了之後，大笑道：「想不到當年馬大元還藏了這一手，他們兩個人經常背著我們說話，我還以為是別的什麼事情，原來是為了破解這個！」

他拿著盜墓天書，按著上面的所指，對著雪地上的八卦陣，開始逐步推演，尋找這個陣的出口。

朱連生在一旁道：「老爺子不用再算了，古代的軍事上，要破八卦陣的話，按休，生，傷，杜，景，死，驚，開八門。從正東『生門』打入，往西南『休門』殺出，復從正北『開門』殺入，此陣可破。今天是一九四七年十二月二十四日，就是丁亥年壬子月丁丑日丙申時，若用奇門遁甲之術計算的話，盜墓天書上的『震巽木』為生門，但是應該是在七十八年前，今天如果我們還從『震巽木』那一門出的話，必死無疑！」

苗山泉望著朱連生：「那你說我們應該從哪一門出？」

朱連生說道：「按八卦中天干地支所示，以丁亥、壬子、丁丑、丙申之數去算，則生門的方位應該在西北，為『乾金』。若從這裏開始算的話，按老爺子兩百步為一個距離，就應該在第四千二到四千四百步的地方。」

苗山泉低頭算了一會兒，驚喜道：「真是長江後浪推前浪，想不到朱老大有這麼一個會算的曾孫子。」

「朱老大的曾孫子？」陳先生望著朱連生，問道：「你的祖上不是姓馬嗎？」

苗君儒說道：「真的馬福生早就已經死了，他的祖上朱老大，當年跟我曾祖父一起來過，在過草地的時候出了一點事情，回去了，他是來完成他曾祖父的心願的。」

「你騙了我，我最恨別人騙我！」陳先生從阿強的手中拿過手槍，對準朱連生。

苗君儒急忙走到他們兩個人之間，用身體擋著瞄準朱連生的槍口，「陳先生，現在還沒有到起內訌的時候，他假扮馬福生，一定是有緣由的。」

「是呀！」蘇成也說道：「現在不管他是誰，都不要緊，重要的是我們應該團結起來，儘快找到你所說的那果王陵墓。」

苗君儒望了一眼蘇成，感覺對方剛才的那一番話，似乎不符合生物學者的身分，但一時間也想不出有哪裏不對。

方剛一揮手，大聲道：「快點走吧，天快黑了！」

天色本來就暗，若天黑下來，幾乎伸手不見五指，可不像在山上，有雪光的映射，晚上並不十分暗。

現在的天色還沒有完全暗下來，但是大家已經明顯感覺到光線不足。若在天黑前不能夠走出這個九宮八卦陣的話，後果很嚴重。

陳先生氣憤不已，卻也很無奈，他把手槍遞還給阿強。

與上次一樣，苗君儒走在最前面，來到第四千二到四千四百步的地方，他手中指北針內的指針抖動得很劇烈。望了一下四周，除前後是青石板路外，兩邊都是高大的樹木，似乎看不出有什麼異常。

但是仔細一看，就看出來了。

在他們右側的林子邊上，有兩棵相對而立的大樹，大樹的樹冠向上相互交叉，形成一個天然的樹棚。隱隱看到樹下面有一條路，往林子裏而去。

苗君儒高興不已，離開了青石板路，朝那兩棵樹的地方走去，剛走了兩步，右臂被人抓住往後面一拉，同時聽到「嘩啦」一聲。腳下剛才踩過的地方突然塌陷下去，露出一個大坑來。

苗君儒驚出了一身冷汗，若不是曾祖父在後面一拉，他已經掉入了那個大坑。

坑內雖不深，但一根根長矛尖端朝上，兩千多年來，青銅和鐵混合製作的矛頭上，儘管鏽跡斑斑，仍很鋒利。一旦跌下去，必會被長矛貫身而過。

他望著一丈多寬的坑面，望著曾祖父道：「難道你算錯了？」

「沒有錯！」苗山泉道，「在八卦中，生即死，死是生，我們雖然算出了生門所在，但是這個生門仍然暗藏了殺機！」

他走到坑邊，望了坑內一眼，接著說道：「找兩根木頭架在上面，就可以過去了！」

可是現在到哪裏去找兩根木頭呢？除非去林子裏砍，可是兩邊的林子裏都暗藏著殺機，誰都不敢進去。

天色已經完全暗了下來，士兵們點燃了火把。

苗山泉道：「要快點過去，否則時辰一過，這裏就不是出路了！」

他的身體一縮，貼著坑壁滑了下去，到了坑底後，連連踩斷了幾根長矛，硬生生從坑底下踩出一條路來。其他人見狀，忙也順著坑壁下到坑底。

苗山泉很快走到坑的對面，爬了上去，回身把下面的人一個個的接上來。

苗君儒上去了之後，回頭朝這邊望，見相隔一兩丈遠的青石板路上，已經看不到一個人了，再一看身邊，也只有七八個人。他問剛爬上來的方剛：「其他人呢？」

方剛隨口答道：「在後面！」

爬上了坑的人朝後面一看，再也沒有一個人了。

方剛瞪著眼睛，大聲道：「不可能，我記得他們是跟在我的身後的！」

「時辰一過，生門的方位也變了！」朱連生道：「他們走不出這個九宮八卦陣的！快點走吧，管不了那麼多了，在這地方，多待一會兒就多一分危險。」

現在他們只剩下八個人，苗君儒、苗山泉、朱連生、蘇成、陳先生、阿強、方剛和一個士兵。八個人中，只有三個人手上有火把，吃的東西還有一些裝備，大都在後面那些士兵的身上。

「不能停，必須繼續往前走，」苗山泉說道：「無論如何都要走出去。」三支火把，照著八個人，走起路來很吃力。走在最前面的苗君儒，不時用長長的棍子敲打著地面，害怕觸到機關。

他突然聽到一陣奇怪的聲音，彷彿有一個人在他耳邊含糊不清地說著話，接著聽到馬嘶和婦女兒童的啼哭，夾雜著男人大聲的呵斥。

「恐怖的聲音來了，快點把耳朵堵上！」苗山泉叫道。大家都已經聽他講過，有了這方面的準備，一聽他的叫喊，忙拿出東西塞住了耳朵。

耳朵雖然被塞住了，但聲音還是不斷傳入。

隨著聲音，苗君儒的眼前出現一幕景象，彷彿置身於兩千年前：只見眼前一批批衣裳襤褸的男男女女老老少少，十幾到二十個人為一串，被捆綁著雙手，在一大隊騎馬的士兵押送下，正緩緩前行。整支隊伍一眼看不到頭，不知道從什麼地方來，也不知道往什麼地方去。

一個穿著黑色鎧甲的將領，騎馬衝到一個被綁著的男子面前，興許是嫌對方走得慢了，拔出腰刀朝那男人一刀砍下，那男人扭頭時，苗君儒看清那男人的臉龐，分明就是他自己。而那把刀，也是朝他砍來的！

他絕望地發出一聲大叫，雙手用力張開，想掙脫綁著的繩索。

「你醒一醒，醒一醒！」苗山泉拚命搖晃著曾孫子。

苗君儒猛地清醒過來，見身邊的幾個人，竟然和幻覺中的那些俘虜一樣，步履蹣跚地走著。

「醒一醒，醒一醒！」他走過去，將他們一個個的喚醒。

方剛清醒後說道：「我好像被俘虜了！」

「是那果王的大軍！」苗山泉說道：「他征服了許多部落，佔領了不少土地，他的軍隊肯定也帶回來了不少俘虜。」

「他利用那些俘虜為他造宮殿和挖掘陵墓，最後把他們全部殺死。」苗君儒說道，「我們見過的那些成堆的骸骨，應該就是那些俘虜的屍體。」

聲音如同一個怨婦發出的詛咒，變得越來越尖厲，最後好像有千萬個人在啼哭，那哭聲悲慘至極，聽得大家忍不住想落淚。

聲音突然一轉，好像一個女人發出歇斯底里的大笑，儘管大家都用東西塞住了耳朵，但是那笑聲仍然清晰入耳。大家的心裏陣陣發麻，有幾個人用雙手捂著耳朵，露出很痛苦的樣子。

苗山泉時不時的用手中的棍子打一下大家，不讓他們被聲音拖入幻境之中。腳下加快了速度，只要走過了這段路，就沒事了。

女人的笑聲過後，大家又聽到了一陣「噗哧噗哧」的聲音，好像是長矛捅入胸口，利刃砍入身體，伴隨著骨頭的碎裂聲和臨死前的慘叫。

聲音不斷的變化著，越來越恐怖，到後來，似乎是什麼動物在咀嚼骨頭，發出「格格」的怪聲，大家同時感覺到身體內如同萬蟻穿心般的痛楚，每一根骨頭都散開了，彷彿被一群不知名的動物撕咬著……

苗山泉像驅趕著一群羊，用棍子驅趕著大家往前走，他手中的棍子越擊越重，若不這樣的話，好幾個人便會停下來。

苗君儒有些奇怪，曾祖父好像並不受這些奇怪聲音的騷擾，不知道是什麼原因。

大家加快了步伐，一個多小時後，來到一處峭壁下，再也聽不到那種恐怖的聲音。除苗山泉外，其他人都好像虛脫了一般。

大家都用感激的目光望著苗山泉，要不是他，沒有人能夠走出那個地方。

「那些俘虜的屍體與這些奇怪的聲音有什麼關係？」方剛癱坐在地上，有氣無力地問。

「我的指北針告訴了我，這地方肯定有充滿強磁性的岩石，」苗君儒坐在方剛的身邊說道：「這些充滿強磁性的岩石，在一定的環境下，可以將幾千甚至上萬年之前的聲音錄下來，當我們走進來後，原有的磁場發生了輕微的變化，聲音就釋放出來了。」

「可是那聲音為什麼聽起來那麼恐怖？」方剛問。

「應該與這裏的地理位置有關，我們現在所處的地方，是一個很大的天坑，聲音被磁場錄下來後，音律在無形中發生了改變，我只能這麼說，」苗君儒說道：「要是程雪天還活著就好了，他應該能夠做出最好的解釋。」

一想到程雪天，他立刻想到了殺程雪天的人，那個人到現在還無法確認是誰，為什麼要下手殺人。

「起來，起來，你們想死在這裏嗎？」苗山泉大聲說道：「再往前就到那個洞了，到了那個洞，才能夠休息。」

對於他所說的話，沒有人敢不聽。大家堅持著站起來，繼續朝前走，誰都不想死在這裏。

三支火把已經熄滅了兩支，剩下的一支也漸漸要熄滅，被苗山泉拿著，他走在最前面。幾個人幾乎看不到地上的情況，只是跟著前面的人，深一腳淺一腳的走著，要是這種時候踩上機關的話，可就什麼都玩完了。

剛走了一段路，聽到苗山泉「哎呀！」一聲大叫，大家的心「忽」地一沉，心道：完了。

第四章

千年屍胎

苗山泉說道：「用那麼多人的血和童男童女，
一定是一種非常邪惡的方法，屍胎一旦成型，
也威力無比，最起碼可以煉萬里絕命蠱！
萬里絕命蠱就是不管那個人在哪裏，
只要他的一根頭髮或者一片指甲，
想要他三更死，絕不會拖過五更，
而且想要那個人怎麼樣死就怎麼樣死，
別人找不出一點破綻。」

苗君儒走在曾祖父的身後，聽到曾祖父發出「哎呀」一聲叫喊，以為踩到了什麼機關，忙用手去抓曾祖父，想把他救回來，哪知伸手出去，卻抓了一個空，眼前曾祖父突然矮了半截，心中頓時大駭，正要大叫，卻聽曾祖父說道：「我怎麼忘記了呢？」

苗君儒借著火光一看，原來曾祖父剛才彎下腰去了。

曾祖父不知道往火把上撒了些什麼，火把重新亮了起來，發出「滋滋」的燃燒聲音，苗君儒聞到一股松香的味道，原來曾祖父在火把上撒了松香。

「要是從上面多帶點松根下來就好了，那東西很旺火的，也可以點很長時間！」苗山泉說道：「來來來，把那兩根熄滅的火把重新點燃！」

苗山泉撒了些松香在那兩個熄滅的火把上，重新點燃。

雪還在下，積雪越來越厚，有一尺多深，一腳踩下去，就是一個深深的腳印。從崖頂上下來後，他們都沒有吃過東西，又累又餓。如果還這樣走下去的話，會堅持不了多久。

苗山泉用火把照了照旁邊的岩壁，那上面有幾個字。苗君儒已經沒有心思去看了，只想快點找個地方休息。

「就在前面了！」苗山泉高興地說道。

路面漸漸開闊起來，走了一陣，他們來到一個空曠的地方。

苗君儒隱約看到中間的地方有一個高檯子，旁邊還有一個巨大的，黑呼呼的不知道是什麼東西。

苗山泉領著大家朝另一邊走去，來到崖壁的下面，這裏剛好有一個凹進去的洞，地上有一些乾雜草，可以躲得下十幾個人。他用棍子在乾雜草上敲打了一陣子，又用火把將雜草全都點燃。

雜草燒得嗶嗶啵啵的響，大家的身上也頓時感到一陣暖意。那些草都是幾十年前鋪下的，要是冒然躺上去，說不定裏面突然出來一個蟲子，咬上一口，那可是致命的。

等草全部化成了灰，苗山泉說道：「可以了，大家將就一下！」

幾個人進到洞裏，擠成一團，緊緊依偎著，身上舒服了些，只是屁股就坐在地上，下面還是讓人感到一陣陣的冰涼。好歹在洞裏，不受風雪的侵襲，要是沒有這個洞，晚上還真不知道怎麼過。

「誰有吃的東西？」蘇成輕輕的說道：「我的包掉在路上了！」

沒有人應聲，本來每個人身上都有一些，但是這種時候，誰都不願意把自己的那一份拿出來和別人分。

苗君儒伸手往工具包中摸了一下，拿出一段像山藥一樣的東西，遞給蘇成，「這東西我也沒有吃過，將就著吃，總比沒有的好！」

他又拿出一根，搽掉上面的泥土，放進嘴裏咬了一下，一股很麻很苦很澀的味道，熏得他幾乎要吐出來。想到這是保命的東西，強忍著不適，嚼了幾口就吞了下去。

舌頭好像麻木了，失去了知覺，也管不了那麼多，幾下就嚼完一根，有東西下肚，感覺就不同，人也漸漸精神了起來。

「這東西要是放在火裏煨，可香著呢！」苗山泉手上拿著一根，嚼得津津有味。

「要是洞口能夠生一堆火就好了，提防一些野獸進來！」方剛說道。

除了三支火把，沒有可燃的東西，這火把也不可能燒一整夜。

「把火把熄滅了，睡吧，要是有什麼事，聽天由命！」苗山泉吃完東西，將手中的火把熄滅了，他躺在了曾孫子的旁邊。

另外的兩個火把也熄滅了，沒有人再說話，黑暗中頓時如同死了一般的寧靜，大家各自只聽到自己的心跳以及大雪落在地上的聲音。

興許是太累的緣故，儘管身體感覺較冷，可是沒有多久，就有人開始打鼾了。

苗君儒向曾祖父學了一通古代羌族的語言，只要一有時間，曾祖父就教他。也不知道說到哪裏了，迷迷糊糊的，就睡了過去。

凌晨的時候，他被凍醒，一摸身邊，曾祖父已經不在了，一個激靈站起來，見大雪不知道什麼時候停了，洞口的積雪都快高到腰部了。積雪被人掃出了一條通道，他走出洞外，看到曾祖父正從樹林的邊上回來，肩上扛著一大捆乾樹枝。

不遠處的那個高台也被雪蓋住了，像一座小山。昨晚看到的那個黑呼呼的大東西，立在雪地裏，圓圓的有三四丈來高，也不知道是什麼東西。

「醒了？」苗山泉走過來，說道：「我去找了些乾柴，給大家烤烤火！」

「這裏是什麼地方？」苗君儒問。

「阿達瑪的村子後面也有一個這樣的地方，只是沒有這麼大，這裏上下有九層，地上還有不少頭顱和骨頭呢。」苗山泉說道。

「難道這裏也是一座祭台？」苗君儒說道。

「祭台不祭台我可不管，有死人的反正不是什麼好地方，你是做學問的，應該比我要懂得多！」苗山泉說道：「旁邊那個東西，好像是一個大香爐！」

「大香爐？」苗君儒望了那東西一眼，祭台的旁邊有一個大香爐，倒是很罕見。有心過去看一下，可是積雪太深。

「等一下你就可以看了，這下面的雪很容易化掉的，我起來的時候，雪都已經蓋住了整個洞口。」苗山泉說道。

苗君儒也覺得腳邊的積雪，比他剛出來的時候似乎化掉了許多，用棍子朝旁邊探了一下，也只有兩尺來深了，照這樣的速度，用不了兩個小時，地上的積雪都會化盡。

這倒是奇怪了。

按道理，積雪化後，會有雪水流出來，可地上並不濕，那些化了的雪水，也不知道到什麼地方去了。

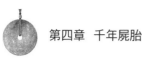

這是一塊充滿神秘的地方。

兩人回到洞內，升起了火。苗君儒從工具包中又拿出幾根山藥一樣的東西，放到火堆中。其他幾個人陸續醒了過來，圍著火堆烤火。

沒有多久，苗君儒聞到了一陣烤地瓜的香味，他從火堆中扒出那東西，剝掉外面燒焦的皮，一陣誘人的香味立刻在洞裏瀰漫開來。他輕輕咬了一口，那種又麻又苦又澀的味道沒有了，取而代之的是地瓜般的香甜。

其他人也學著他的樣子，把帶來的東西放入火中烤。

等大家吃完所謂的早餐，外面的積雪已經完全不見了。

苗君儒起身走了出去，見地面很乾，遠處的樹上，也沒有雪，再也找不到一絲雪的痕跡，彷彿昨夜根本沒有下過。

其他幾個人望著外面的景象，一個個都驚呆了。

「這倒奇怪了，那些雪呢？都到哪裏去了？」蘇成自言自語地說。

沒有人回答他，這種奇怪的自然現象，在這種神秘而奇怪的地方，似乎不足為奇。

苗君儒看到了那個大香爐，外形和一般寺院內的香爐有些不同。

他走過去，來到大香爐前，見這個香爐的下面通體黑色，上面的形狀像一座宮殿，泛著金色的光芒，做工很精細，連宮殿上的每一塊瓦片都能夠看得清楚。

他想起了在山上海市蜃樓中看到的宮殿，和這個宮殿一模一樣。不禁啞然失笑，原來大自然也會騙人的，把一個小的東西放得那麼大，弄得大家以為真有一處這樣的地方。

接下來是一個圓圓的蓋子，中間也是圓圓的，向外凸出，他從工具包中拿出小錘子，輕輕敲了一下，聽到很清脆的金屬聲音，裏面還有回音，好像是空的。一般的香爐，不是三隻腳就是四隻，絕不可能像這個一樣，下面有八支腳。在香爐的右側，好像還有一個火門。

上黃下黑，顏色也顯得有些詭異。整個香爐這麼巨大，在兩千年前，不知道是用什麼工藝製作出來。

苗君儒想到了他以前見過的一些古代的爐子，只有道士用來煉丹的，下面才有火門。難道這個龐然大物，也是用來煉丹的？

可是在兩千年前，煉丹術雖有很大的發展，可不關羌族人什麼事，那是漢族獨有的技術。除非那果王在和西漢交往後，煉丹術也隨即傳入了？

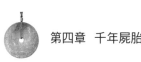

難道那果王也想長生不老嗎？

漢族的道士用來煉丹的爐子，都不會很大，如果用這個大東西來煉丹的話，不知道要放下去多少藥材、水銀和硫磺。

爐子上還有很多字跡，並不是他原先見過的那種象形文字或隸書，而是一種更加怪異的象形文字，這種字體是古代的羌族文字，已經失傳一千多年了。但是破解字體裏面的意思，對於他來說，是輕而易舉的事。

他高昂著頭，從頭開始看。

和前面的一樣，開始的內容都是講述那果王功績的，文中提到，那果王親率大軍，除遠征天竺外，還相繼征服了樓蘭、于闐、龜茲散國，還到了大宛國。

這下，終於找到了萬璃靈玉的來歷了。

文中還提到，那果王的大軍押回來無數俘虜和財寶，正當那果王準備進攻西漢的時候，西漢派人送來了大批的美女和珍寶求和，為示誠意，西漢的輔政大臣、大司馬霍光還派了他的兒子霍禹前來充當人質，除此之外，還派了很多有技術的人才，幫助那果王發展。

西漢與周邊國家和好，一般都是用金錢和物質，以及漂亮的良家民女，不可能用一個大臣的兒子來充當人質。霍禹見到了那果王後做了什麼，文字上並沒有說明，但是身為全傾朝野的大司馬，為了西漢的媾和，忍心將他的兒子放到這種蠻荒之地，這其中的意思，恐怕沒有人能夠理解。因而在他死後，暗通番國意圖謀反的罪名也就成立了。

霍光死後，霍禹在這邊的情況怎麼樣，也沒有記載。那果王朝是什麼時候被十八路土王所滅的，更沒有這方面的內容。也許造這個大爐子的時候，那果王朝正值鼎盛時期，誰也沒有想到會有後來的結果。

再往後看，他越看越吃驚。這個大爐子確實是用來煉丹用的，不同的是，道士煉丹用藥材、水銀和硫磺等物，而這裏用的卻是童男童女。

用童男童女來煉丹，那是一門很邪惡的巫術。

更恐怖的還在後面，文字中說要煉成上等丹藥，必須用九千九百九十九個男人的鮮血和九千九百九十九個女人的鮮血，混合在一起，加入三十六個童男和三十六個童女，九九八十一種藥材一起煎熬，最少熬三年……

看到後面，苗君儒實在看不下去了，多麼殘酷和無知，荒淫和殘暴是禍國之本，難怪那果王會遭到十八路土王起兵反抗。

他站在旁邊，彷彿看到千萬個無辜的人，被人像牲口一樣的宰殺，從他們身體內流出來的血，被器皿盛了起來，倒入這個大爐子中。

用那麼多人的血和童男童女來煉丹，沒有這麼大的爐子還真不行，這個方法不知道是什麼人想出來的，想這個辦法出來的人活該千刀萬剮。

他往前走了幾步，蹲在爐子的火門旁邊，用錘子敲開那上面的扣子，火門打開，裏面有些黑色的東西，是木炭。

大香爐的旁邊，散落著許多凌亂的骸骨，都是那些被殺死的人的。

他返回身，一步步走上祭台。

祭台成圓形，分為九層，每層高約兩米，全都用大塊的青石搭建而成。東西南北各有四條通向頂部的台階，台階的兩邊有條凹進去的溝槽，是流水用的，溝槽邊上每隔十級台階，就有兩個相對應的石雕狗頭，狗頭的樣子顯得很兇猛，給人一種邪惡的感覺。

祭台是大祭司為那果王朝祈福的地方，岩石上並沒有其他的圖案，整個祭台簡單而古樸，但不失宏偉和氣派。

最高一層祭台的中間，有一張長約一丈，寬五尺，高三尺的大石桌，那是用來擺放祭天的祭物用的。殘暴的那果王，既然能夠用人來煉丹，那麼祭天所用的祭物，肯定也是活人，而並非用牲畜代替。這石桌之上，不知道擺放過多少人的頭顱。

他看了一下石桌，顏色暗黑，似乎還殘留著兩千年前的血跡，鼻子聞到一絲很濃的血腥味。

站在祭台頂上，可以看到下面那些鬱鬱蔥蔥的樹木，像一個個跪地臣服的人，頓時讓人蒙生出一種凌駕天下的豪情壯志。

他昂頭向天，突然放聲大笑起來。彷彿天下萬物，盡在他的掌握之中。

苗山泉大驚，快步奔上去，用力抽了曾孫子幾個耳光，大聲道：「沒事你跑到這上面來做什麼？這裏很邪的！」

確實很邪！意志力稍有鬆懈，就立刻讓人產生幻覺。

苗君儒清醒過來，趕緊隨曾祖父下了祭台。他不明白為何剛才在祭台上，竟會產生那樣的想法。要是在往常的話，他一定會停留下來好好研究，可是眼下不能。

下了祭台，見方剛和那個士兵，不知道從哪裏弄來兩根木頭，搭在那個煉丹爐上，兩人爬到那個金黃色的宮殿蓋子上去，用棍子正在往下撬，撬了好幾下也沒有撬得動。

陳先生在下面一看，火了，叫道：「用炸藥把這個大爐子給炸掉！我倒想看看，那上面的東西是不是純金打造的。媽的，害我白高興一場，還以為有一座這樣的宮殿呢！」

他也意識到在海市蜃樓中看到的就是爐子頂上的這個東西。方剛和那個士兵爬了下來，在身上找出一小包炸藥，他怕藥力不夠，還把士兵身上的三顆手雷加了上去。

一聲巨響，大爐子的四支腳被炸飛，整個倒了下來，在地上砸出一個大坑，頂端的那座宮殿和蓋子分離開來，掉到一旁。從爐子內滾出一團黑呼呼的東西，滾到那座宮殿的邊上。

方剛上前，想用棍子將那團東西撥開，哪知棍子一觸到那東西，感覺軟綿綿的，毫不受力，正要用腳去踢，突然看到棍子那一頭像被什麼東西腐蝕了一般，變成了黑色，並迅速腐爛。嚇得他立刻丟掉了棍子，逃到一旁。

見他這樣，其他人也不敢上前。

「我活這麼大，沒有見過這麼大這麼厲害的蠱！」苗山泉說道。

「這不是蠱，這是用九千九百九十九個男人的鮮血和九千九百九十九個女人的鮮血，混合在一起，加入三十六個童男和三十六個童女，九九八十一種藥材後，煉成的丹！」苗君儒說道。

苗山泉說道：「你們漢人叫煉丹，我們苗人叫制蠱！」

「可是那果王並不是苗人！」朱連生說道。

「不管是丹還是蠱，都不是什麼好東西，」苗山泉上前朝那東西看了看，說道：「這是一個屍胎呀！千年屍胎！」

千年屍胎！大家都嚇了一跳。

苗君儒也走上前去，和曾祖父站在一起，不敢和那千年屍胎靠得太近。千年屍體他倒是見得多，但千年屍胎還是第一次見到。用那麼多人的血和童男童女一起煉，就煉成了這個黑呼呼的東西。

方剛丟在旁邊的那根棍子已經完全腐爛了，幸虧剛才是用棍子去碰的，要是用腳去踢的話，說不定連骨頭都腐爛掉了。

「這可是個好寶貝呀！千年未遇的好東西！」苗山泉說道：「千年屍胎，我也只是聽前輩們說起過，想不到今日還真的見到了。」

「這東西有什麼用？」苗君儒問。

「用處可多了，不過都是用來害人的，」苗山泉說道：「有了這個千年屍胎，就可以用來製作飛頭術和不死身。」

「什麼是飛頭術和不死身？」苗君儒問。

「這兩樣是每一個蠱師追求的最高境界，據我所知道，苗疆還沒有哪個蠱師能有這樣的本領，主要是沒有原料，也就是這個千年屍胎，」苗山泉說道：「飛頭術就是把自己的頭割下來，順風飛到千里之外，可以和人說話，之後再飛回來，安到自己的身上，自身不會死；不死身就是自己一旦要到死的時候，就找人代替，將身體和對方替換過來，可以讓自己永遠活下去！」

這兩種巫術真是聞所未聞，如果是真的有人借千年屍胎煉成了不死身，那真的是奇蹟。

「如果這個屍胎剛煉成的話，有什麼用呢？」苗君儒問。

「用那麼多人的血和童男童女，一定是一種非常邪惡的方法，屍胎一旦成型，也威力無比，」苗山泉說道：「最起碼可以煉萬里絕命蠱！萬里絕命蠱就是不管那個人在哪裏，只要他的一根頭髮或者一片指甲，想要他三更死，絕不會拖過五更，而且想要那個人怎麼樣死就怎麼樣死，別人找不出一點破綻。」

苗君儒望著這個千年屍胎，兩千年前，那果王的大軍縱橫疆場，所向披靡，他們根本不需要這種邪術來取人性命。那麼，是誰要利用這屍胎，煉成邪術，達到不可告人的目的呢？

他想到了霍禹，霍禹的身分特殊，使命更特殊。

如果霍光真的要兒子聯絡那果王一起造反的話，首先就是要除掉那幾個和他一起輔政的大臣。用邪術來除掉那幾個人，是最好的方法，殺人不露痕跡。

但是會使用巫術的，就只有祭司這樣的人物，除非霍禹得到那果王的允許，建造這個大爐子，要大祭司用那些抓來的俘虜煉屍胎。一旦大祭司煉成萬里絕命蠱，霍光的計畫也就成功一大半了。

這個屍胎放在大爐子裹，並沒有被取出來，可以看出當年大祭司並沒有利用屍胎煉巫術，是什麼原因讓他終止的呢？

唯一的解釋就是霍光的死，在真實的歷史上，霍光等不到計畫成功就已經病死。那麼，霍禹得到父親的死訊，也知道霍家滿門正遭受滅門之禍，他還會繼續他的計畫嗎？就算那幾個關鍵的人死了，又有什麼用呢？西漢不會因為幾個大臣的死，而改變政局。

霍光一死，霍禹在這邊的使命也就失去了任何價值，那果王會怎麼看待他呢？

一個失去了利用價值的人，都不會有好的結果。也許那果王為了與西漢和好，而將霍禹出賣，因而要大祭司煉巫術的計畫也就停止了。

在西漢有關記載霍氏一門的資料中，只提到霍禹的出生背景，並沒有最終的結局。霍禹最後怎麼樣了，是歷史之謎。

「這東西很邪的，聚集了那麼多人的怨氣在一起！」苗山泉說道：「可惜我沒有帶東西來裝，不然的話，可以帶回去。一般的東西碰到它，都會腐爛！」

苗君儒覺得這個千年屍胎好像一動一動的，像人在呼吸。他正要走近仔細看，被曾祖父拉住，「你不要命了？」

苗君儒說道：「它好像在動！」

千年屍胎的一邊漸漸張開了一條縫，像一個人的嘴，一張一合的，樣子很恐怖。

苗山泉嚇壞了，拉著苗君儒的手就往後面跑。邊跑邊道：「想不到是個活的千年屍胎，快逃，要是被它追上就沒命了，會死得很慘的。」

那個千年屍胎竟似活了一般，像個球在地上滾動，跟在他們的後面，速度還不慢。其他人見狀，嚇得各自亂跑，好幾個人跑上了祭台。

苗山泉和苗君儒沿著祭台跑，那個千年屍胎在他們身後窮追不捨，速度越來越快，再這樣下去，用不了多久，就會被追上。

「跑上去！」苗山泉說道。

兩人上了祭台，回頭見那個千年屍胎停了下來，向上滾幾下，衝不上台階。方剛持槍走了過來，朝那個千年屍胎射了幾槍，子彈射入屍胎中，竟沒有半點反應。

「沒有用的，它不怕你手裏的傢伙。」苗山泉說道

那屍胎滾到台階下，形狀慢慢變了，變得扁平，像濃濃的黑色黏液，沿著台階向上漫延，速度也不慢，沒過五分鐘，便上了四級台階。

這到底是什麼東西，被大火熬成這個樣，兩千年後，居然還是活的，若不是親眼所見，還真不相信世界上會有這樣的東西。

他見那屍胎並不急於向上漫延，而是分成細細的兩股，沿著石塊向兩邊而去。

「它是想把我們包圍起來！」苗山泉叫道：「快找地方下去！」

「可是下去了也沒有用！」蘇成說道，「你們看那邊！」

幾個人見下面的朱連生，也在不斷的跑著，在他的身後，有一個黑色的小圓球。

「這東西會分身！」苗山泉叫道：「活的千年屍胎，是不會放過任何一個人的。」

苗君儒見台階下面，那些黑色的黏液已經變成了密密麻麻像螞蟻一樣的小蟲子，正不斷的往上爬。

幾個人逃到祭台的另一面，見這邊不知什麼時候，也被黑色的東西給佔領了。整個祭台的四周，都已經被包圍。照此速度，用不了多久，幾個人都將喪身於這些東西。

「我燒你！」苗山泉叫著，拿出一把松香，撒在已經熄滅的火把上，用火鐮點燃，朝那些東西扔了過去。火把落到那些黑色東西中後，只見那些東西慢慢地聚攏來，沒有多久，火把就被整個包裹住，火也滅了。

剎那間，苗君儒看到有一處台階上，並沒有那些東西。沒有想到可以用火將這東西引開，於是他撕了一大截包在身上的被子，從裏面抽出一些棉絮，交給曾祖父。

苗山泉明白過來，往上面撒了一些松香，點燃後丟到台階下面。這下大家都看到了，那些黑色的東西越聚越多，而在別的地方，那些東西沒有了。

幾個人逃下了台階，還好下面有幾根樹木。方剛將那幾根木頭搭在一起，拿出最後一小瓶汽油，全都澆在上面了。汽油被點著後，燃起了沖天大火。

朱連生見狀，忙朝這邊跑了過來。那黑色的圓球來到火堆旁，滾入了火中。朱連生跑得滿頭大汗，見那圓球滾入火中後，不再來追他，頓時身體一軟，長長鬆了一口氣，坐在地上。

另一個黑色的圓球從祭台上滾了下來，直接滾入了火中。

苗君儒望著那火堆，想起了前年參加國際考古工作者會議的時候，英國的考古學者愛伯倫講述了一段在埃及的驚險故事。

當時愛伯倫帶著一支考古隊，在非洲的一處沙漠中，挖掘出一座古埃及法老的墓葬，他們不顧墓門上的詛咒，進入墓室，清理完墓道後，他們從最裏面抬出了兩具棺木，那是安放法老遺體的。他們撬開了其中的一具棺木，看到了全身被黃金飾物包裹的木乃伊。他們想撬開另一具棺木，卻發生了麻煩，那具棺木通體黑色，上下一體，找不到可以撬開的地方。

後來有人想了一個方法，用大鋸將棺木鋸開。棺木鋸開後，他們看到裏面並沒有木乃伊，而是幾個瓶子。有人打開了其中的一個瓶子，以為裏面會有什麼寶物，哪知從裏面爬出來的，是一種黑色的蟲子。這種黑色的蟲子見人就追，追上後鑽進人的身體，吃光人體內的血肉，很快便將一個活生生的人變成一具皮包著骨頭的軀殼。

這種黑色的蟲子被密封在瓶子裏，達幾千年之久，一旦遇到空氣，便會復活，而且追蹤熱源。因為人體是有溫度的，所以就成了蟲子追蹤的目標。當時愛伯倫他們，也是因為有人不小心碰翻了墓室裏的馬燈，引發一場大火，才救了他們一命。

苗君儒望向那個斜倒在地上的大爐子，這大爐子裏的千年屍胎，也許並不是真正的屍胎，那麼多人的血和童男童女，經過大火的熬製，已經形成另一種物質。這種物質在爐子停止生火後，發生了霉變和腐爛，漸漸產生了另一種有機細菌，這種細菌具有很強的腐蝕性，而且也喜歡追蹤熱源。當它們在密封的爐子裏時，並不可怕，一旦接觸到空氣，這種細菌便會活躍起來，不顧一切地追蹤熱源。一旦追上熱源，會迅速將熱源所在的有機體腐蝕。如果人或者動物碰上這種物質，就很快會變成一堆腐爛的臭肉，甚至會在短短的時間內，連骨頭都被腐蝕乾淨，整個人在人間消失。

所謂的苗疆蠱毒，大多是用劇毒或者極具腐蝕性的生物製作成的，他見過那個中了萬蟲蠱的士兵，死得那麼難看，就是身體進入了那些具有強烈腐蝕性的蟲子。

「快點走，等那堆火燒完，我們就走不了了！」苗山泉說道。

朱連生從地上起身，說道：「嚇死我了，想不到那東西還會追人。」

方剛在經過倒在一邊的那座金黃色宮殿時，用槍口碰了幾下，說道：「是金子做的！」

是不是黃金，有經驗的人只要用其他金屬碰一下，根據聲音就能夠判斷得出來。就像有人朝袁大頭（銀元的一種，正面是袁世凱頭像）吹一口氣，放到耳邊一聽，就知道是真是假。

就算整個大爐子都是黃金製作而成的，也沒有辦法弄走。

陳先生望著黃金宮殿，低聲道：「這座宮殿的製作非常精美，我到時候把它弄出去，放在我的大書房裏！」

阿強扶著他走，兩人走在隊伍的中間。方剛和那士兵走在最後。

大家跟著苗山泉，繞過了祭台，見前面仍是青石板路，仍是往林子內而去。只是這林子裏的樹木，與他們來的路上所見的樹木不同，一根根筆直向上，很像熱帶地區的椰樹，只在頂上長著一些傘狀的葉子。興許是接受到陽光的緣故，這地方都長著齊腰高的雜草。

苗君儒見蘇成不住地抬頭看著那些樹，卻不說話，這裏的很多植物種類，在很多自然學家的著作中，都是已經在地球上消失了的。

「這是一種白堊紀時期的裸子植物，是大型長頸食草恐龍最喜歡的一種食物，在六千萬年前就已經在地球上絕種了的呀！」蘇成說道：「我也只是在美國，見過一些專家們根據化石而畫出來的圖案。」

「你的意思是，這裏也許還生活著恐龍？」苗君儒邊走邊問。

「連麒麟這種我們認為毫不存在的動物都有，恐龍應該也有！」蘇成說道：「如果我能夠回去的話，一定帶一支生物考察隊來！」

往前走了一段路，青石板沒有了，取而代之的是灰白色的泥土路。苗山泉不敢有絲毫鬆懈，他用棍子敲打著認為可疑的地方，以防踩上機關。

「嗖」的一聲，一支紅色的羽箭從林子裏射出來，插在路中間。

苗山泉望著那支紅色的羽箭，皺起了眉頭。他朝林子裏吼了一陣，沒有多久，從林子裏走出來幾個人，為首的正是他們見過的那個女野人。站在女野人旁邊的，是一個穿著現代服飾的男人。

第五章

兵馬殭屍陣

看著這支排列整齊的隊伍，
苗君儒彷彿看到了當年那果王的軍隊，
在馳騁疆場時的雄威。
這些人全都是毫無生命跡象的屍體，一動也不動，
他們穿著的盔甲和皮膚，都是綠色的。
這種詭異的綠色，比紅色更讓人害怕。

苗君儒看著那人，感覺好像在哪裏見過。他突然想起來了，這個人是老土司的管家。

老土司的管家和這些女野人混在一起，就不難解釋以前在一具女野人的屍體上，找到老刀牌香煙的原因了。

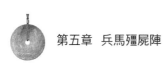

苗君儒望著那人，問道：「那些向我們開槍的土匪，應該也是你的人吧？」

那人搖頭道：「我也想弄清楚他們是什麼人。」

苗君儒問道：「看來你並不是那個老土司的管家，你是祭司的後代！」

那人一驚：「你怎麼知道？」

苗君儒道：「我們打死過三個女野人，在其中一具屍體上找到一包老刀牌香煙，於是肯定她們和現代文明人有過接觸，能夠接觸她們的人，肯定不是普通人，並且要有一定的途徑。剛才我只是猜測，沒有想到你這麼爽快就承認了，實在有點出乎我的意料。」

那人道：「我的祖上是那果王的大祭司，我的職責是不讓那果王的秘密洩露出去，更不允許別人來打擾他。」

站在旁邊的另一個女野人突然張弓搭箭，瞄準朱連生要射，被另一個女野人拉住。兩個女野人發出爭吵，那個要殺死朱連生的女野人，顯得非常激動，憤怒地望著朱連生。

苗君儒望著那個女野人，不明白對方怎麼會那樣，好像有深仇大恨似的。

那人微笑道：「沒有我的命令，她們是不敢亂來的。她們會按我的指令，殺死每一個尋找王陵的人。」

苗君儒道：「可還是不斷有人來尋找他的陵墓！」

「所以很多人都死在這裏，」那人道：「我勸你們不要再往前走了，你們進不去的！」

苗君儒道：「如果我們進得去呢？」

「不可能，」那人的眉宇間充滿傲氣，笑道：「沒有人能夠逃出我祖上的詛咒！」

那人望著苗山泉道：「七十多年前，我爺爺見你身受重傷，於心不忍，才命女野人救你，解了你身上的蠱毒，我祖上下的咒，從來沒有人能夠解得開的。我爺爺為了懲罰你，讓你獨自一人在山上生活，想不到你不思悔改，還帶著他們再一次冒犯王陵。」

苗山泉道：「幾十年前，我就覺得我中的是一種奇怪的蠱毒，想了很多種方法都沒能化解，原來中的是你祖上的毒？你祖上用那種邪惡的方法煉蠱，說是替那果王守陵墓，其實還不是讓子子孫孫享受那些無窮無盡的財富？」

那人的臉色微微一變，並不說話。

苗山泉接著道：「當年我們就打聽過，知道在這塊地方，最富有的人並不是土王，更不是土司，而是一個叫蒙拉依的神秘家族，其財力無法估計，西藏、四川、雲南、貴州等地區的土王和土司，在不同程度上，都聽命於蒙拉依家族。千百年來，很多人都在尋找蒙拉依家族的傳人，可是那些人無一都死於非命。蒙拉依家族不想讓人知道他們的秘密，一旦秘密洩露的話，他們的子孫就沒有辦法享受那果王留下的財富了。蒙拉依家族的男性世代一脈相傳，女性則不可以嫁給外人，你身邊的女野人，實際上是蒙拉依家族其中的一支，她們被迫生活在山裏，不允許與外人接觸，所以她們只有搶男人進來。而你不同，你可以在外面盡可能的享受，你的女人生下來的孩子，男的只留下一個，女的則被送入深山中……」

「不要說了，」那人憤怒地問道：「你是怎麼知道蒙拉依家族秘密的？」

苗山泉說道：「別忘了我和她們生活了這麼多年，站在你身邊的，就是我的女兒，當我和她們說話的時候，發覺她們說的是一種早已經失傳的語言，如果我不是年輕時聽過一個羌族的老人講過這樣的語言，我會真的當她們是野人。現在會說這種古老的羌族語言的，恐怕只有你們蒙拉依家族了。我在教她們使用蠱毒的時候，發覺她們還會使用另外幾種早已經失傳的蠱術……」

苗君儒想起那些神秘死亡的士兵，莫非也是中了蠱毒？

「你的祖上用那麼多人的血和童男童女煉蠱，現在已經形成了活的千年屍胎，」苗山泉說道：「你可以完成你祖上的遺願，煉成飛頭術和不死身了！」

那人道：「你見過千年屍胎了？」

「我們幾個都見過了，那東西會跟著人追！」苗山泉說道：「我們是用火才引開了它。」

「祖上早有遺訓，不得動那個大爐子，想不到你們把它放出來了，」那人長歎一聲道：「煉飛頭術和不死身，要的是死胎，你剛才說它已經活了，我也沒有辦法控制它，只好由著它去。」

那人一提到祖上的時候，神色顯得似乎有些狂傲，言語間絲毫不把別人放在眼裏。只是在聽了苗山泉知道那麼多蒙拉依家族的秘密後，覺得有些惱羞成怒。

苗山泉和那個女野人嘰哩呱啦地說了一番話，那個女野人的樣子好像很堅決。

苗山泉回頭對大家輕聲道：「她不讓我們過去，怎麼辦？」

「強行衝過去！」陳先生道：「我們手裏有槍！」

他們手裏是有槍，可也只剩下三把。要想對付面前的幾個人倒可以，但是不知道草叢中還有多少女野人拿著弓箭瞄準他們。有時候，槍不一定管用。

苗君儒走上前，對那人道：「原來我們有一百多個人，現在就只剩下這幾個了，你剛才不是說我們都會死在這裏嗎？那我和你打個賭，你在這裏守著，如果我們進去後安全地出來，怎麼辦？」

「這個……」那人遲疑了一下。

「你祖上的詛咒是，沒有一個人能夠活著離開，」苗君儒道：「如果你認為你祖上的詛咒靈驗的話，為什麼不敢放我們過去？」

這是激將法！

苗君儒剛才就已經想到，如果強行衝過去的話，肯定會有不必要的犧牲，他們的人本來就不多，要是再死一兩個的話，前面的路還真的不知道怎麼過去。曾祖父的那一番話，已經將那人的傲氣減去了幾分。站在那人的立場上，這邊任何一個人活著離開，都會將那果王陵和蒙拉依家族的秘密洩露出去。唯一保守秘密的方法，就是讓這幾個人都死在這裏。

他要利用那人對祖上的崇拜，賭一把！

苗君儒接著說道：「如果你不敢放我們過去，就說明當年大祭司的詛咒，不一定靈驗！」

那人想了一下，說道：「你們那些已經死掉的人，除一個人之外，全都死於我祖上的詛咒，好，我讓你們進去，但是有一個人必須留下，因為他破壞了我祖上立下的規矩。」

苗君儒問道：「你的祖上立下了什麼規矩？」

「凡是進入那果王陵墓警戒地帶尋找陵墓的外人，都必須死於我祖上的詛咒，」那人說道：「如果是被同伴殺掉的話，那個同伴必須償命！」

苗君儒想到了程雪天的死，只有程雪天是被自己人殺死的，雖然屍體上有曾祖父的毛髮，但他相信應該不是曾祖父幹的，兇手到現在還不知道是誰。照那人的意思，似乎那人知道是誰殺了程雪天。

也許女野人時刻都在監視著他們，所以看到了殺人。

苗君儒問道：「你認為我們這幾個人裏面，誰殺了他？」

「他！」那人指著蘇成說道。

對於程雪天的死，苗君儒想到的兇手，有可能是陳先生的人，或者是朱連生，但萬萬想不到竟是生物專家蘇成。蘇成與程雪天一同是被陳先生「請」來的人，兩人並沒有任何矛盾和利益衝突，為什麼要下此毒手？

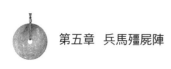

「好吧，我留下來，」蘇成顯得很冷靜，他問那人，「你打算怎麼處置我？」

那人道：「讓你自己選擇一種最舒服的死法。」

蘇成問道：「你有多少種最舒服的死法？要沒有痛苦，讓人不知不覺的死去！」

那人道：「最起碼有二十種！」

苗君儒望著他們兩個人一對一答，好像是兩個朋友在聊天。

蘇成對大家道：「你們走吧，如果有誰出去的話，我希望能夠把這裏的秘密告訴我的同行，我想他們一定很感興趣的。」

那人道：「別妄想了，就算我讓他們進去，他們也出不來，更何況前面還有那麼多機關！」

那女野人朝苗山泉說了幾句話，苗山泉對大家說道：「她願意放我們過去了，大家有沒有命出來，就看造化了！」

幾個人跟著苗山泉，跨過了路中間那支紅色的羽箭。

苗君儒停了一下，問蘇成：「你為什麼要殺程雪天？」

蘇成笑了一下，「如果你有命出來的話，會知道的！」

苗君儒用英語問道：「你在美國待了幾年？」

「你問這個做什麼？」蘇成用英語回答，他弄不明白苗君儒為什麼要用英語和他說話。

「作為生物學者，能夠被陳先生請來的人，絕不是泛泛之輩，」苗君儒繼續用英語說話，「你殺死程雪天，肯定有你的目的，我會弄明白的！」

他說完，朝那人看了一眼，意味深長的笑了一下，跟著大家離開。

蘇成望著苗君儒，臉上的表情變得複雜起來。他的樣子，根本不像一個將要死的人。

從草叢中陸續走出一些女野人，站在路邊，看著他們走過去。苗君儒看到其中一個女野人似乎朝他笑了一下，那女野人動了一下黑褐色皮膚的胸部，見那兩個碩大的乳房中間，掛著一塊金黃色錶面的懷錶。

苗君儒認出那塊手錶，當年他和嚮導在靠近巴東地區的山林中，不小心被女野人擄了去，當他和那個嚮導被送出來的時候，那塊跟了他好些年的懷錶也不見了。

巴東地區離這裏有幾百公里路，難道這些女野人，是在山林不停的更換地方的？難怪後來他再去找的時候，就找不到了。

那個女野人已經認出了他，看樣子對他還有好感。

他可不想再和這些女野人有什麼關係，趕緊加快腳步，走到前面去了。

往前走了大約四五百米，腳下泥土的顏色突然不同了，變成了朱紅色。雲南這邊大多是酸性較強的泥土，也是紅色的，但沒有這麼紅。這裏的泥土就好像剛被血浸泡過一樣，紅得讓人心驚膽寒。

在道路的兩邊，有兩條較深的細溝，相距約三到四尺，像古代車輛經常路過而留下的車轍。苗君儒盯著那兩條細溝看了幾眼，不排除那果王用車子將物品從外面運進來。

「你看這些做什麼，到了裏面，有的是你看的東西！」苗山泉扯了苗君儒一把。

朱連生在他們後面說道：「一定有一條從外面通進來的密道，如果找到那條密道，就不用死這麼多人了！」

苗山泉道：「蒙拉依家族的後人能夠這麼快到我們前面，除了密道之外，沒有第二條理由呀！當年和我們一起的那個土司的後人，也說有密道，可是我們找來找去都找不到。」

陳先生道：「老爺子在山上這麼多年，和那些女野人也有那麼一層關係，為什麼不打聽密道呢？」

苗山泉道：「我問過，可是她們不說，我有什麼辦法？」

「她們不是不想說，而是不敢說。」苗君儒說道。

苗山泉問，「你說這話是什麼意思？」

「難道你看不出來嗎？」苗君儒說道：「有那個人在旁邊，連你的女兒都不把你放在眼裏，她們肯定受那個人控制，一個人要想控制她們，你認為什麼方法最好？」

苗山泉想了一下，說道：「是蠱！如果我想控制別人，最好是用蠱，沒有我的獨門解藥，誰都解不開！」

「說得好！」苗君儒說道：「那個人的祖上是大祭司，按照蒙拉依家族後人只有一個男性的特點，他肯定有一套控制蒙拉依家族其他人方法，這種方法最好的就是獨門的蠱術，所以那些女野人不管走多遠，在特定的時間內，都會趕回來吃解藥。由於命在別人的手裏掌握著，她們當然不敢犯忌！你們沒有看出來嗎？這些女野人無論在什麼時候，都是一群的，她們不會單獨出動，為了就是相互監督！」

「那我們抓一個來問一下就行了！」陳先生說道。

「很難抓得到她們，」苗君儒說道：「我相信以前應該有人試過，可是失敗了！」

陳先生問道：「你怎麼知道以前有人抓過她們？」

「我說的沒有錯吧？朱先生？」苗君儒對朱連生說道。

「你只是個考古學家，知道得太多對你並沒有好處，」朱連生不陰不陽地說，「我是抓過她們，那又怎樣，你們想殺了我？」

苗君儒說道：「殺不殺你是陳先生的事情，我現在已經知道，那些偷襲我們的土匪，是你的人！」

「你胡說些什麼？」朱連生的臉色似乎變了。

「我並沒有胡說，」苗君儒說道：「從死在馬家大院牆外的那個人開始，你的人都在跟著我們，不時製造恐怖氣氛。還記得我們離開馬福生家時，那支射在路中間的紅色的箭嗎，那種紅色箭桿的箭，只有這裏的女野人才用，那裏的山民就算要復仇的話，也不用那種顏色的箭。我們的車隊到達瀘州城那個晚上，有人用草紙畫的骷髏頭貼在車門上，那天晚上有士兵站崗，外面不可能有人進來，所以只有內部人搞的鬼，當時我就已經懷疑你，只是沒有辦法肯定。

「我們在過了草地後，是你要大家打樹樁做圍牆，你的解釋是你的曾祖父朱老大來過。但是我的曾祖父告訴我，朱老大並沒有過草地，所以唯一的解釋就是，你自己過了草地。我看到你幾次看那個後來被雪崩蓋住了的山谷，如果我沒有猜錯的話，你和那一次來的人就只到了那裏，沒有辦法過得去，半途回去了。

我們這次來的人之中，就只有你和我曾祖父見過女野人的紅色羽箭，兩下一想，就不難猜測了。你的人跟在我們的後面，是想坐收漁翁之利，可是你發覺陳先生的人太多，極有可能強行通過那些機關，於是就通知那些土匪襲擊我們，目的是想消耗我們的人數。一旦我們在人數和實力上比不上你們的話，你們的人就可以在我們進入王陵之前將我們全部殺掉。可是你忽略了兩點，那就是我，還有我的曾祖父。」

朱連生冷笑著，並不說話。

「你以為我只是一個考古學家，想不到我能夠破解那些機關，」苗君儒說道：「你也沒有想到，一個當年深受重傷的人，還能夠活下來，還活了這麼久，而且告訴了我那麼多當年發生的事情。」

「你並沒有說他抓女野人的事呀！」陳先生說道。

「大家還記得剛才有一個女野人要射死他的事了吧，那兩個女野人之間的對話，我曾祖父是聽得懂的，」苗君儒對陳先生說道：「在解釋這個問題之前，我想問你一個問題。」

「問吧！」陳先生說道。

苗君儒問道：「將程雪天和蘇成這兩個人請來的主意，是不是古德仁出的？」

「是呀！」陳先生說道：「當時我就覺得這個主意不錯，是以防萬一的做法，日後就算被人捅出去，我們就說是組的科學考察團，在考察的過程中發現了古墓，只要拿出一部分東西出來，就沒事了！」

苗君儒點了點頭，這是個很完美的計畫，他現在還不想那麼快揭開答案，他必須見到那個一直躲在後面遙控的人。他說道：「古德仁出的主意確實是好方法！」

朱連生說道，「抓女野人的事，還是由我自己來說吧！苗教授，我太低估你了，別忘了，我們還有那麼多路沒有走。」

正是因為還有那麼多路沒有走，苗君儒才不想這麼快把答案說出來，逼得有些人狗急跳牆，弄得兩敗俱傷，誰都進不了王陵。那樣就真的中了大祭司的詛咒。

朱連生說道，「我在十年前，就根據祖上留下的資料，帶著五六十個人進來過，但是那時我走的是另一條路，也就是我祖上回去的時候，偶然發現的，就在十八天梯的下面，靠右側有一個暗門，直通虎跳岩下面，但是那下面並沒有路，如果要從那條路進去，必須從上面吊繩索下去，也是危險重重，我們至少有十個人掉下了深淵。到了草地的邊上宿營，那天晚上，至少有二十個人被那些蟲子吃掉，加上一路上被女野人射死的人，我們只剩下十幾個人。在進入山谷後，我看著他們一個個不明不白的七孔流血倒地死去，只得逃了出來。當我逃出來的時候，身邊只剩下兩個人了。」

朱連生說到這裏的時候，停頓了一下，望了苗君儒一眼。

苗君儒微微一笑，他又想到另一個問題，他相信這個問題用不了多久，就能夠得到答案。

朱連生接著說道，「我們三個人又累又餓，要是這樣的話，根本走不出去，因為出十八天梯那個洞口後，必須跳到冰冷湍急的水裏，順水飄出去。就在我們不知道如何是好的時候，有幾個女野人尾隨著我們，想殺死我們，可是她們忘了我們手上還有槍，最後除三個逃脫外，我們打死兩個，還抓到了一個活的。我也想過進入那果王陵墓，一定還有別的通道，這些女野人一定知道，可惜我們說的話她不懂，她說的話我們也聽不懂……」

苗山泉說道：「由於你們沒有東西吃，就把她給吃掉了。」

朱連生說道：「我這一輩子，什麼肉都吃過，就是沒有吃過人肉，女野人的肉吃起來，和猴子的肉差不多。我們三個人穿過那個洞，跳到冰冷的水中，飄了十幾里後，上岸的只有兩個人。」

陳先生好像想到了什麼，正要問，卻聽苗山泉叫道：「好了，到兵馬殭屍陣了！」

兵馬殭屍陣，這個名字其他人還是第一次聽到。

苗君儒見前面有個高大的牌坊，準確來說，應該是一個像牌坊一樣的建築物。這個建築物是用大塊的條形石搭建而成，底下是四根巨大的石柱，每根石柱的直徑超過兩米。如此粗的石柱，在他見過的古代建築物中，都沒有見到過。在建築物上面的每一根條石上，密密麻麻排列著一顆顆人頭骷髏。

這種邪惡的建築，此前從來沒有人見過。

正中有一塊石板，上面刻著一幅奇怪的圖案，初看有點像一幅抽象的人頭畫，兩隻眼睛很大，鼻子和嘴巴都很小，整張臉上寬下窄，成倒三角形，人頭上似乎還戴著古代羌族人的某種飾物。這個圖案，苗君儒好像在那裏見過。當他來到建築物下面時，只看到那個人頭的一側。他想起來了，就在水晶洞的洞壁上，最後那個人臉部的圖案和這個圖案有些相似。

苗山泉帶頭從建築物的下面走了過去，路邊有幾具骸骨，被一兩支長矛釘在地上。

「都是我們的前輩，」苗山泉說道：「這條路原先有很多機關，都被我們破了！」

這條土路凹凸不平，顯然原先埋了不少機關。

苗山泉走到一具骨骸面前，蹲下身子，用手中的棍子將骸骨聚攏來，從苗君儒圍著下身的被子上撕下一塊布，蓋在骸骨上。

「走路的時候注意點，」苗山泉說道：「踩著坑子走！」

後面的人都跟著苗山泉走過的腳印踩著走。腳下的土地漸漸變成了墨黑色，兩邊的樹木也變了，變成很濃密的熱帶雨林。突然，大家感覺到自己如同被綠色包圍了，再一看旁邊的樹，每一片樹葉都呈現出一種怪異的綠色。

苗君儒用棍子朝一處突起的地方戳了一下，從路邊突然冒出一支長矛，斜著射了過去，落入草叢中。如果他剛才站在那地方的話，肯定被長矛刺中了。

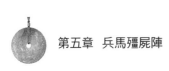

這條路並不長，但前前後後至少有二十具以上的骸骨。在他們之前，也不知道有多少人走過這條路。

「你們看，到了！」苗山泉說道。

大家停了下來，只見眼前是一大塊霧氣濛濛的空曠土地，空地上冒出的霧氣也是綠色的，陳先生和阿強情不自禁地用手捂著鼻子。

苗山泉看著那幾個人，說道：「要是中毒的話，早就中了，等不到現在。」

陳先生和阿強放開手。

大家望著那些霧氣，看不到一具骸骨，更別說殭屍了。

苗山泉摘下身上的弓，搭上箭，在箭頭上撒了一點松香，點燃。那箭燃燒著被射了出去。射出沒有多遠，似乎碰上了什麼東西，被擊落在地上。

前面肯定有東西，只是那些東西全都是隱形的，沒有人能夠看得見。苗君儒撿起一塊土塊扔了過去，也被無形的東西擊碎。

用什麼辦法使那些東西現形呢？

「那些殭屍在哪裏？」方剛問。

「就在你的面前，」苗山泉說道：「如果你再往前走十步的話，是怎麼死的，連你自己都不知道。」

苗山泉說的話絕不是聳人聽聞。方剛朝前面開了一槍，除了聽到槍聲外，沒有其他的異常動靜。有心丟一個手雷過去，但他的身上，只剩下兩顆了，要留著用。

「他們全身都是綠色，有這些綠色的霧氣罩著，很難看得到的。」

「全身都是綠色的人？」苗君儒問道。

「是的，」苗山泉說道，「要等霧氣散了之後，我們才能夠看到他們，我們必須從他們中間想辦法衝過去。」

「為什麼不能從邊上走？」方剛問。

「這四邊都是機關，如果能從邊上走的話，就等不到現在了，」苗山泉指著右邊的一根樹上，說道：「你們看那裏！」

眾人看到右側一棵樹的樹杈上，掛著一具骸骨。

苗山泉說道，「他就是當年號稱天下第一神偷的時一手，他是梁山好漢鼓上蚤時遷的後人，他的輕功和開鎖的技術乃天下一絕，據說他有一年為了躲避官府的追蹤，逃到皇帝的皇宮裏面，躲了半年，出來的時候，還偷了不少好東西，有一副鳳冠，是從同治爺一位嬪妃的枕頭下偷來的。他仗著自己輕功好，想用飛索勾住樹枝，從樹上過去，我們看著他過了五棵樹，當過第六棵樹的時候，聽到他一聲慘叫，就掛在那裏了，也不知道是怎麼死的。沒人敢過去拖屍體，這一掛就是幾十年哪！」

從樹上過去，最起碼比地上保險得多，天下第一神偷想出的辦法的確和別人不同，可惜最終也沒有逃得過大祭司的詛咒。

苗山泉說道，「就像那個九宮八卦陣一樣，我們必須想辦法找出這個兵馬殭屍陣的破綻，才能夠過去。」

「你當年是怎麼過去的？」朱連生問。

「我們剩下的八個人中，有一個人看出了這兵馬殭屍陣的破綻，就帶著我們過去了，」苗山泉說道：「他姓孫，據說手上有一本兵譜，是關於行軍佈陣那方面的。」

「你是說奇門遁甲？」朱連生問。

「是的，你怎麼知道？」苗山泉問。

「古代行軍佈陣方面的書籍不外乎孫子兵法和奇門遁甲，」朱連生說道：

「孫子兵法講究的是計謀，而行軍佈陣大都用奇門遁甲之術。」

「看來你對奇門遁甲之術有些研究，」苗山泉說道。

「奇門遁甲之術實在太玄妙，我也只是略懂一二而已，」朱連生說道。

苗君儒對奇門遁甲並不陌生，他在北京大學的圖書館裏見到一位研究中國歷史的教授，那個人向他提起過，言語中對古代的奇門遁甲之術大為讚歎，後來他找來了一本奇門遁甲的書籍看了一下，發覺是與易經和八卦有關的。

奇門遁甲之術在民間的適用範圍極廣，許多算命和堪輿師，在一定程度上，都通曉奇門遁甲之術。

想到這裏，苗君儒記起了古德仁。古德仁雖是一個古董老闆，可是開口閉口都是風水地理，而且在解釋風水學的時候，總是一套一套的。如果中國開設一門研究風水地理的學科，古德仁一定是一個專家中的專家。

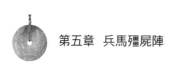

苗君儒對朱連生說道：「其實我們在過那個九宮八卦陣的時候，你已經用奇門遁甲之術的計算方式，算出了生門所在。」

朱連生點了點頭：「奇門遁甲之術比九宮八卦要複雜得多，時刻都在變化，一分鐘前是死門，說不定在一分鐘後，就是生門的所在。而且還要看這個陣的排式。」

霧氣漸漸稀薄了，大家的眼睛也變得越來越大，呈現在他們面前的，是一支人數眾多的軍隊。最前面持長矛和盾牌的，是步兵，跟在步兵身後的，是長戈兵和藤甲兵，還有弓箭手，再往後是騎兵和戰車。

看著這支排列整齊的隊伍，苗君儒彷彿看到了當年那果王的軍隊，在馳騁疆場時的雄威。他知道面前的這支軍隊，只是那果王眾多軍隊中的一個縮影。他大致數了一下，最前排一溜過去有一百多個人，照此計算，就他的眼睛所能夠看到的，足有四五千人。後面似乎沒有盡頭，也不知道到底有多少人。

這些人全都是毫無生命跡象的屍體，一動也不動，他們穿著的盔甲和皮膚，都是綠色的。這種詭異的綠色，比紅色更讓人害怕。

苗山泉彎弓搭箭，又一箭射了出去。大家見那箭射入兵馬陣後，一個長戈兵用長戈揮了一下，就將那支箭撥落在地。

屍體與屍體之間，有一條窄窄的通道。

苗君儒驚奇地發現，中間幾排的士兵，好像不停地換著位子。

那些殭屍變換位子，一定是他們所站立的地方有機關控制。殭屍都是死人，可是動作比活人還迅速，如果從地上走過去的話，有可能觸發機關，遭到殭屍的攻擊。苗山泉射出的箭，是從空中飛過去的，被準確無誤地撥落，會是什麼原因呢？

「今天是一九四七年十二月二十五日，就是丁亥年壬子月戊寅日……」朱連生口中叨念著，拿出了三個金錢，往空中一拋，金錢落在地上，他低頭一看，驚道：「怎麼是離卦？」

「離卦又怎麼了？」苗君儒問。

「離卦乃是火卦，冬天水旺，水旺克火，火為水所克，乃下下之卦，大凶之兆，」朱連生說道。

「那你再來一次看看，」陳先生說道，「我就不相信還能丟出那樣來。」

「奇門遁甲的金錢落地之術，卜算之事一次為準，不可重複。」朱連生說著，看著眾人期待的眼神，他將三個金錢撿起，空中念念有詞之後，往空中拋了出去。

那三個金錢落地，顯示仍是離卦，這下，大家的臉色都變了。

「卦氣的旺衰狀態與衰敗狀態是一個互相牽制，互相影響的消長過程。」朱連生說道，「東方為木，南方為火，中間為土，西方為金，北方為水。依離卦算來，這個陣的生門應該在南方，可現在是十二月，水克火。」

「哪一邊是南方？」陳先生問。

苗君儒拿出指北針看了一下，說道：「我們現在所處的地方就是正南！」

他看到指北針裏面的指針不停的晃動，所指的方向也不同。他連忙大聲道：「不是，不是，這地方一定有很強的磁場，我的指北針沒有用了，我們所處的地方不一定是正南方。」

他朝天上和樹上看了一下，發覺平時那些在野外利用自然環境，來辨別方向的方法，在這裏都沒有用。無論哪個方向，樹葉都是一樣的濃密。而天坑內的光線，並不是直射的太陽光，是上面的雪峰將太陽光相互折射後產生的光源。

所以在天坑內，根本沒有辦法找到正確的方向。就算用奇門遁甲之術算出了生門所在的方位，也沒有辦法確定那個方位在哪裏。

如果這地方也有很強的磁場，那就可以解釋為什麼苗山泉射出的箭，被準確無誤地撥落的原因了。箭在空中飛行時，相對穩定的兵馬殭屍陣的磁場發生了一點變化，就是這一點變化，可以觸發機關，讓被機關控制的殭屍迅速做出反應，撥落射過來的箭。

如果想辦法打亂這裏的磁場，就可以破這個兵馬殭屍陣了。

苗山泉和朱連生都蹲在地上，用樹枝在地上計算著，過了好一會兒，他們都搖了搖頭。

苗山泉坐在地上，歎氣道：「如果那個姓孫的還活著就好了。」

苗君儒說道：「我有辦法可以過得去！」

第六章

陵墓與王宮

苗君儒透過望遠鏡看去，
果真是用大塊的岩石砌成的城牆，
上面還有城垛和瞭望塔，還看到一個黑洞洞的城門。
難道這裏就是那果王的王宮？
那果王為什麼要把王宮修建在這裏？
莫非王宮和陵墓都同在一個地方？

就在苗山泉和朱連生用奇門遁甲之術，都無法算出兵馬殭屍陣的生門時，苗君儒已經想出了破壞磁場的方式來破解這個陣。

他把剛才想到的對大家一說，朱連生問道：「照你這樣說的話，好像也有些道理，那你有什麼辦法來打亂這個陣的磁場嗎？」

苗君儒搖頭道：「還沒有，但是首先要確認產生磁場的地方在哪裏。」

「你認為會在什麼地方呢？」朱連生問道。

苗君儒說道：「產生磁場必須有帶磁性的石頭，兵馬殭屍陣的兩邊都是茂密的樹林。應該不會有帶磁性的石頭，所以我懷疑就在兵馬殭屍陣的下面。」

朱連生說道：「你是說在地下？」

苗君儒點頭道：「你和我曾祖父都是盜墓的高手，這挖洞的工作，就全靠你們了。」

朱連生苦笑道：「若是在平時，有我自己帶的工具，挖一個洞倒不在話下，可是眼下，你要我們用兩隻手去挖嗎？」

沒有工具確實無法挖洞，鐵製的工具沒有，木製的工具倒是可以現做。

苗山泉走到方剛的面前，借過了大砍刀，他往後走了一段路，進入旁邊的林子裏，不一會兒，就拖了幾根大樹枝出來。他彎著腰，拖著大樹枝一路走過來，樹枝觸發了地上的機關，一支支長矛從他身體的上方飛過，看得人驚心動魄。

他來到大家面前，丟下樹枝，變戲法一樣從放箭的皮袋中，取出一個凹形的鐵頭。苗君儒認出那是盜墓人打洞專用的洛陽鏟。

苗山泉笑道：「這東西陪了我幾十年，還沒有用過呢！」

朱連生笑道：「我們都是在找到地方後，才把東西帶去，沒想到老爺子這樣帶東西，倒是輕便得很，隨便到哪裏，找一根木棍套上就可以了。」

苗山泉用砍刀削了一根兩米長的樹枝，安裝在洛陽鏟上，做成一個兩米長的洛陽鏟。

朱連生也向那個士兵借了砍刀，做了一長一短兩把木頭洛陽鏟，他拿著兩把鏟子，笑道：「我這雖然比不上老爺子的好使，但也可以用。」

兩人找一個土地比較鬆軟的地方，斜著往下打土。

苗君儒和方剛將剩下的樹枝做成火把，這些樹枝都是剛砍下來的，如果用棉布綁在上面，澆上汽油，倒可以燒，可是就這樣的話，是很難點燃的。汽油已經用完了，棉布還有一些。

苗君儒把身上的被子解了下來，用刀子割成一塊一塊的，向曾祖父要了一些松香，散在棉絮內，將棉絮綁在火把上。

這樣的火把雖然點不了多久，但總比沒有的好。

陳先生站在一邊，阿強和那個士兵幫忙著倒土。沒有多久，一個兩尺見方的土洞就挖到半米深了，照這樣的速度，要想挖到兵馬殭屍陣的中間，也得好幾個小時。

「這裏的泥土很軟，」苗山泉叫道：「留幾根大一點的木頭，撐住洞壁不讓泥土塌下來。」

很多盜墓人在對待鬆軟的泥土，都是用工具將四周的洞壁拍實，然後塗上一層自己調製的類似水泥一樣的東西，等那些東西乾了之後，就不用擔心洞會坍塌了。可是現在的情況，只能用木頭撐著洞壁。

苗君儒對方剛道：「要麼我們再去砍一些樹木來，從我曾祖父走過的那地方進去，應該沒有什麼大問題。」

他們兩人一手拿了砍刀，一手拿著一根木棍，彎著腰，找著原先走過的腳印，進到了林子裏。林子裏很暗，苗君儒看到邊上的一棵大樹有剛被砍過的痕跡，他用棍子在樹的周圍探了探，沒有發現機關。

方剛一貓身上了樹，找了幾根粗大一點的枝椏砍了起來。

在這棵大樹旁邊的地上，有一根早已經乾枯腐爛的大樹，苗君儒從乾枯的樹皮上認出是松樹，松樹在死後，樹脂會凝聚在中間和根部，很多少數民族都是挖這種松根，用來晚上照明的，當地人稱為松明火。

有了這些松明，就不用擔心火把的問題了。

他用砍刀砍開松樹外面腐爛的部分，從中心的地方砍下幾片松明，點燃，林子裏立刻亮了起來。

「你砍樹，我來挖松明。」苗君儒說道。

洞越來越深，苗山泉鑽進了洞裏，將洛陽鏟打出的土往身後扒，他身後朱連生再將土扒出洞外，每往前兩到三步，朱連生就遞過來兩根樹木和一些細樹枝，他將細樹枝掰斷，橫著鋪在洞頂部，再用兩根樹木一左一右抵住。

「老爺子，你歇會兒，我來吧！」朱連生在後面叫道。

越往裏挖，挖洞的速度越來越慢，苗山泉大致算了一下，挖了有七八米深了。他把洛陽鏟往前一抵，身體借力向後面退去，就這麼一用力，突然聽到「咚」的一聲，洛陽鏟接觸到硬梆梆的東西。憑經驗，他知道下面是一個很大的空洞。

他退了出來，把裏面的情形對大家說了。

「洞壁肯定是用岩石壘成的，我們必須要沿著岩石洞壁挖開一個空間，才能夠想辦法進去。」朱連生道。

這倒不難，只是時間的問題。

苗山泉望著苗君儒，笑道：「我正擔心沒有火把進入王陵呢，呵呵，有這麼多松明，足夠我們用的了。」

休息了一會兒，朱連生首先進去，沿著那些岩石挖出了一個可以同時蹲兩個人的空間。他用洛陽鏟在洞壁上挖了一會兒，借著松明火的光，清晰地看到了幾塊一尺半見方的石塊。對付這種壘成的石塊，他有的是辦法。

他出了洞外，向苗君儒借了幾樣工具。回到裏面後，小心地在石塊與石塊之間的縫隙上，輕輕劃著，劃過之後，用木楔子打進去，層層打進後，縫隙就會變大，再將石塊往裏推就行了。不一會兒，他看到其中一塊石塊向內凹了進去。

苗君儒在旁邊，幫忙著將那石塊往內頂，頂到一定的程度，朱連生輕輕敲了敲石塊，從聲音上分辨石塊有沒有到位。如果冒然將石塊推進去，露出洞口，洞內的毒氣流出來，會將人毒死。

「怎麼樣？」苗君儒問。

「差不多了！」朱連生說著，把一根樹枝放在石塊被推進去後形成的小凹洞口子上，從身上拿了一根繩子，繫住樹枝的一頭，再將另一根粗一點的樹枝插到土內，然後彎成弧形，抵在那根樹枝上，他朝苗君儒揮了揮手，兩人退出洞外。

到洞外後，朱連生一扯手中的繩子，裏面隨即傳來「轟隆隆」的聲音。那塊石塊被彈出的樹枝推了進去，落在地上。

沒多久，一些墨綠色的氣體從土洞內冒了出來，大家趕緊退到一旁，生怕被那些氣體熏著。

苗君儒想到，原來這個龐大的兵馬殭屍陣下面，是一個很大的空間。那些讓綠色殭屍隱形的綠色霧氣，就是從下面散發出來的。

那麼，這個大空間裏，有一些什麼樣的東西呢？

苗山泉張弓搭箭，「嗖」地射出一箭，這一次，他射出的箭沒有被撥落，而是準確地射在一具殭屍的身上。

「嘿！想不到我的曾孫子還真的有辦法，這麼輕易就把這個兵馬殭屍陣給破了！」苗山泉說道：「現在這些殭屍可動不了了，不管生門死門，從哪裏過去都一樣。」

「慢著！」苗君儒說道，他的手上拿著指北針，那裏面的指針還在不斷的亂動。他接著說道：「這個兵馬殭屍陣恐怕沒有那麼簡單，在磁場沒有完全改變的情況下，那些殭屍還是會動的。」

「這很簡單，」朱連生說道：「找個人試一下就知道了。」

可是誰願意去試呢？萬一苗君儒說的話是對的，那可就沒有命了。

「不用找人，我們用樹枝紮個假人丟過去看一下，」苗君儒說道。

苗山泉很快用樹枝紮了一個假人，方剛人高馬大，力氣也大，他接過假人，用力朝兵馬殭屍陣丟了過去。只見假人落入陣中後，那些殭屍立刻行動起來，刀槍齊下，將假人分了「屍」。看著那情形，沒有說話，要是一個大活人進去的話，已經被剁成肉醬了。

「磁場只發生了一點很細微的變化，小的東西進去後不會引起反應，但是大東西要是進去的話，就會使磁場起反應，觸動機關，殭屍就襲擊人了。」苗君儒說道。

「為什麼不用火？」陳先生說道：「那具在冰寒青玉石棺裏的屍體，不是你用火燒掉的嗎？我們為什麼不用火把整個殭屍陣燒掉？」

方剛撿了幾塊松明，用打火機點燃，丟入兵馬殭屍陣中，見那些松明在殭屍的腳邊燃燒，並不起火。

「這些殭屍和石棺裏的殭屍不同，是當年大祭司製作出來的，水火不侵！」苗山泉說道：「我們以前也用火燒過，就是點不著。」

「那怎麼辦？」陳先生問。

「我想到兵馬殭屍陣的下面去看看，」苗君儒說道。

「你瘋了，那下面萬一有機關或者什麼恐怖的東西，就沒有命了，」苗山泉指著土洞口還在冒的墨綠色氣體說，「這些氣體是有毒的，你要想下去的話，最起碼要等到明天。」

苗君儒說道：「兵馬殭屍陣上的綠色霧氣，應該是下面的氣體揮發出來的，我們之前也聞到了那些霧氣，可是到現在都沒有中毒的現狀，我想這洞裏的綠氣應該沒有毒，倒是害怕有機關和什麼怪物。但是如果我不下去的話，就沒有辦法破這個陣了。」

「我這裏還有兩個防毒面具，」方剛從背包中取出兩個防毒面具，說道，「我陪你下去！」

苗君儒放下工具包，拿了兩支用松明製成的火把，又拿了幾塊松明和一根粗木棍，戴上防毒面具，爬進了土洞內。他爬到岩石洞壁邊上的時候，點燃了一塊松明，朝那個小洞內丟了進去。

方剛爬了過來，蹲在旁邊。

洞口太小，根本進不去，苗君儒比劃著，和方剛一起，又往內推進去了兩塊石塊。這下洞口大了許多，可以進去一個人了。他不敢輕易進去，朝裏面望了一眼，裏面很黑，也不知道有多大，見那塊松明掉在地下，發出微弱的光。他們所處的地方和這個大洞的地面，相隔並不高，也就是一米左右。

他點燃另外的幾塊松明，朝幾個方向丟了進去。燃燒著的松明落在地上，他看清了地面是用石板鋪成的。

他憋住呼吸，仔細聽裏面傳來的動靜。如果裏面真的有怪物的話，見到那些火光，一定會有所反應的。

他聽了片刻，除了自己的心跳和方剛沉重的呼吸外，裏面是死一般的沉寂。他將手中的火把伸了進去，左右晃動了幾下，隨後抓了一把泥土扔進去，聽到了一陣泥土落地的沙沙聲。

「我先進去！」苗君儒說道，拿著那根粗木棍，朝裏面落腳的地方用力捅了幾下，發覺下面的石板很實。

他彎過身子，斜著將腳先伸過去，慢慢踩到石板上。站定後，用棍子朝兩邊的石板敲打，洞內響著「咚咚」的回音。遠處還是黑黑的，他將火把朝頭頂伸了上去，見上面也是黑黑的，看不到頂部的情況。應該有好幾米高低。

「這地方好像很大，你進來吧！」苗君儒對方剛說道。

方剛爬了進來，兩人都舉著火把。苗君儒看清身後的牆壁成圓弧形狀，估計整個空間是圓形的。

「我們沿著牆壁過去看看，」苗君儒說道，他用那根粗棍子在前面開路。

兩人小心的往裏面走，方剛一手拿著火把，一手拿著一根棍子，警惕地觀察周圍，他的槍和身上所帶的武器全都留在外面了。還好頭上戴的防毒面具是橡皮和純鋼製作成的，不受磁性的影響。

要是真的有什麼怪物出現的話，他們兩個人只有用手中的棍子對付。

「你看那邊！」方剛叫起來。

苗君儒朝方剛所指的方向看去，隱約見前面一個黑呼呼的大東西。他嚇了一大跳，轉身往回跑，剛跑幾步就站住。

「快走呀！你想死呀！」方剛已經跑回他們進來的地方，正要往上爬，見苗君儒沒有跟上來，忙回頭大叫。

苗君儒沒有理會方剛的叫喊，如果真的有那麼一個大怪物的話，就算他們兩個人跑，也跑不脫的。生活在黑暗中的怪物，最怕的就是火光，如果手上的火把不熄滅，怪物是不敢進攻的。他點燃了另外一支火把，同時將兩支火把拿在手中。

他想利用火的威力，將怪物震住。

過了一會兒，見那黑呼呼的大東西，不前進也不後退，耳邊除了松明火燃燒發出的「滋滋」聲外，並沒有別的聲音。

他用其中的一支手抓著兩支火把，另一支手拿著長棍，一步步試探著朝那大東西走過去，大約走了十步，仍不見那大東西有動靜。他索性將長棍用勁朝那大東西扔了過去，見木棍撞到那東西上後，落到地上。

他鬆了一口氣，朝方剛道：「過來吧，沒有事！」

方剛見苗君儒叫他，看看這邊也沒有什麼動靜，便慢慢走了回來。

苗君儒道：「也不知道是什麼東西，我們過去看看！」

方剛接過苗君儒手中的一支火把，同時將手裏的木棍遞了過去。苗君儒用木棍探路，兩人走到那個大東西的面前。

「媽的，嚇了我一身冷汗，」方剛說道。

他們面前的大東西像個巨大無比的鍋爐，成圓柱形，通體黑色。苗君儒用棍子敲了一下，感覺裏面是空心的，外殼是金屬製作。

他們兩個正要圍著這個大鍋爐轉一圈，看看有什麼異常，卻聽到來的方向傳來苗山泉的聲音，「曾孫子，你沒有事吧？」

「沒事，」苗君儒道：「這裏有一個很大的東西，好像就是控制那些殭屍的。」

苗山泉大聲問：「裏面還有沒有別的機關？」

苗君儒說道：「好像沒有，不過你要注意！」

他和方剛圍著大鍋爐轉過去，才走不了多遠，見到一排台階，台階是在大鍋爐的外面，呈螺旋狀向上延伸。

方剛說道：「兩千年前的人，還會這樣建台階呀？」

「古人也是很有智慧的，」苗君儒說道：「我們上去看看！」

他走上台階，並用木棍不斷敲著，害怕有機關。往上走了十幾級台階，見從大鍋爐上伸出許多長短粗細不一的圓棍子，像傘骨架一樣撐著上面。

他用手中的木棍碰了一下其中一根圓棍，見旁邊的幾根也跟著動起來，大鍋爐內頓時傳來一陣奇怪的聲音。

「這裏有個門！」方剛在下面叫起來。

苗君儒下了台階，來到方剛站立的地方，果真見到一扇門。門是向外開的，有一米多高，兩尺寬。

苗山泉舉著火把也走了過來，他並沒有帶防毒面具。

苗君儒用木棍把門向外推開，將火把往內探了探，見裏面密密麻麻的，都是輪軸和齒輪，一層緊挨著一層，相互糾纏在一起。地上還有一個大圓盤，圓盤中間有長長的指標狀的東西。他用木棍碰了一下，見圓盤是活動的，往前轉動了一下，那長指標隨之指向一個方位，那個方位的輪軸和齒輪動了起來，發出「嘎吱嘎吱」的響聲。

原來秘密在這裏，一旦有東西進入兵馬殭屍陣，磁場就會使圓盤上的長指標指向那個方位，那裏的輪軸和齒輪就立刻動作起來，牽動上面的圓棍子，控制那些殭屍，襲擊進入兵馬殭屍陣的東西。

這個大鍋爐就是兵馬殭屍陣的心臟，如果有炸藥能把這個大鍋爐炸掉，那就好了。

這麼樣的一個工程，不要說在兩千年前，就是在現代，也是一個大工程，而且像這個大鍋爐一樣的機械，一般的人絕設計不出來。羌族是個以遊牧為主的民族，不重視文化和科技方面的發展。看來竹簡中所說的，霍光的兒子霍禹不但給那果王帶來了黃金和美女，也帶來了不少能工巧匠。將那些能工巧匠用於機關陷阱的設計，也太浪費了。加上那果王對國內的暴政，難怪那果王朝會在那麼短的時間內遭遇毀滅性的打擊而滅亡。

秦始皇何嘗不是這樣？辛辛苦苦打下來的江山，在短短的時間內就結束了大秦王朝的統治。

用什麼方法處理這個大鍋爐呢？

苗君儒將火把舉到那些輪軸和齒輪的下面，看清這些東西都是金屬製作成的，不怕火燒。

「沒有炸藥了，只有兩個手雷！」方剛說道。

想以兩個手雷的威力破壞這個大鍋爐，是不可能的，只有找關鍵的地方。再者，手雷從拉開拉弦到爆炸，只有幾秒種的時間，萬一來不及走脫，會有生命危險。

苗君儒看到大圓盤上的長指針，想到了辦法。這個指標受磁場控制而觸動機關，使輪軸和齒輪動起來。如果指標壞了，就沒有辦法觸動機關，輪軸和齒輪也就失去了動力。

要想破壞指針，一顆手雷就夠。

苗君儒向方剛要了一顆手雷，小心綁在指針上，再從手雷的拉弦上扯一根線，綁在門外台階的扶手上。

做完這一切，苗君儒說道：「我們回去！」

「這樣就行了？」苗山泉問。

苗君儒點頭，「快點出去！」

他擔心外面的那幾個人，萬一有哪個人忍不住，丟一個東西到兵馬殭屍陣中，大鍋爐內的長指針一動，手雷的拉弦脫落爆炸，萬一整個洞塌下來，他們就被埋在這裏面了。

三個人回到洞外。

「去了這麼久，裏面有什麼？」朱連生問。

「裏面是一個很大的控制機關，」苗君儒說道：「你們再紮一個假人丟進去看看！」

朱連生和方剛紮了一個假人，丟進了兵馬殭屍陣中，見那個假人立刻被殭屍用刀槍分了「屍」。

苗君儒心道：不可能呀，除非他們丟的方向不對，大圓盤上的指標往回走，手雷沒有爆炸。

他說道：「再紮一個，朝那邊丟過去，儘量丟得遠點！」

這一次，假人丟進去沒幾秒鐘，就聽到地下傳來一聲沉悶的響聲。手雷爆炸了。

「好了，機關已經被破壞！」苗君儒說道：「我們可以過去了！」

「再丟個假人進去看看！」苗山泉提議。

為了保險，他們又紮了一個假人，丟了進去。假人落到兵馬殭屍陣內，殭屍並沒有任何反應。

苗山泉說道：「我先進去！」

他帶頭走入兵馬殭屍陣，其他人見沒有異常，一個跟著一個也走了進去。

這麼近距離的和殭屍接觸，苗君儒已經不是第一次，但是這種綠色的殭屍，他還是頭一次見到。他想到了那些綠色的氣體，不知道是怎麼形成的，秘密也一定是在那個大鍋爐的下面。他戴上手套，用手指輕輕碰了一下其中一具殭屍的面頰，發覺很硬，像石塊，並不像他以前接觸的那些殭屍一樣皮膚有彈性。

到目前為止，世界上發現的殭屍，還從沒有綠色的，更別說屍體被處理後，變得像石頭這麼硬了。殭屍一般都是在密封或者特定的環境中，才能保存下來。這裏是雲南，氣溫高濕度大，一個人在死後兩三天內，屍體便會高度腐爛，這些屍體就這麼暴露在空氣中，歷經兩千多年的風風雨雨，是用什麼方法製作的，為什麼這麼硬，而且不怕火燒？這是個奇蹟！

如果將這樣的屍體弄一具出去研究，一定也會引起醫學和考古兩界的震撼。

他背著那個工具包，感覺有一股力量將他往下拖，走路的時候非常吃力。一定是下面的磁場在作祟。他看著方剛和那個士兵，兩個人身上有槍和大砍刀等鐵製的傢伙，走起路來更加吃力，有好幾次都蹲坐在地上，費了很大的力氣才能再次站起。

他們跟著苗山泉在兵馬殭屍陣中，找大一點的縫隙向後穿過去，走了大約半個小時，才出了陣。一離開兵馬殭屍陣，那種磁性的引力也就消失了。

方剛和那個士兵大口大口地喘著氣，沒有人能夠想像他們，是費了多大的力氣才走出來的。

苗山泉說道：「再往前就是屍山血海了，你們可別害怕！」

其實這幾個能夠走到這裏，已經不知道害怕兩個字是怎麼寫的了！

幾個人休息了一會兒，繼續往前走，走不了多遠，就看到前面一道黑色幕帳，橫亙在兩座峭壁之間。

苗君儒拿出望遠鏡，正要看，卻聽到曾祖父說道：「不用看，那是城牆！」

城牆？

苗君儒透過望遠鏡看去，果真是用大塊的岩石砌成的城牆，上面還有城垛和瞭望塔，還看到一個黑洞洞的城門。難道這裏就是那果王的王宮？那果王為什麼要把王宮修建在這裏？莫非王宮和陵墓都同在一個地方？

兩個多小時後，他們來到城門洞口。見門洞內有十幾米寬，七八米高，往內二十幾米的地方，被兩扇黑色的城門堵著。在城門洞的旁邊，有兩個巨大的石雕怪獸。龍頭、馬身、麟腳，形狀似獅子，身側長有雙翼，正在昂首嘶叫，神態兇猛威武，高約三米，長約五米。

苗君儒看了一下，說道：「這是貔貅，在我國的古代傳說中，認為龍生九子，神通不一。貔貅是龍的九子中最威猛的一個，傳說貔貅勝其父千倍，能騰雲駕霧，號令雷霆，有辟邪擋煞，鎮宅護院之威力。」

他仔細看了一下兩個貔貅的形態和雕刻手法，認出這是西漢時期的產物。從隸書到貔貅，看來那果王朝在很大程度上，接受了西漢的文化和工藝。

修砌城牆的巨石，每一塊都有三米見方，足有好幾噸重。這座城牆依山而建，兩三里寬，足有五六十米高，修建這樣的一座城牆，其工程不亞於修建一座金字塔。而且就地勢而言，易守難攻。當年那十八路土王的軍隊，是怎麼攻破的呢？

天色暗了下來，城門洞內剛好可以用來休息，只是太大了點，也不知道到了晚上，會有什麼東西跑出來。要是像草地邊上那樣，他們幾個可都要死在這裏了。

「放心吧！當年我們也是住在這裏的，」苗山泉說道：「明天打開城門，等過了屍山血海，就進洞了！」

他帶著大家走到最裏面，見城門邊上的一個角落裏，有一堆灰燼和幾根乾樹枝。

「這些樹枝是你們當年留下的？」朱連生問。

苗山泉點頭道：「是呀！當年我們到這裏的時候，還有十幾個人呢！」

七個人在角落裏坐了下來，升起了火，各自吃了一些東西，相互靠在一起，這樣要暖和得多。

苗君儒想問一些城牆裏面的情況，見曾祖父瞇著眼睛，想到今天打了那麼長時間的土洞，夠辛苦的了，便沒有再說話。也閉上了眼睛，沒有多久便睡去。

當他醒來的時候，聽到兩個人低聲的說話，見是方剛和阿強，兩個人談著一路上來的事情。其他人還在睡覺，苗山泉打著很響的呼嚕，睡得正香。

見苗君儒醒了過來，阿強朝他望了望，想要說什麼，卻又沒有開口。

「想問什麼，說吧！」苗君儒打了一個哈欠，說道。

阿強看了一下陳先生，低聲說道：「其實程雪天不是蘇成殺的！」

一聽這話，苗君儒一下子清醒了許多，他也懷疑殺程雪天的另有其人。

阿強接著說道：「殺他的人是我！」

苗君儒一直認為如果不是曾祖父下的手，最大的可能就是朱連生，想不到兇手卻是阿強，他問道：「你為什麼要殺他？」

阿強說道：「我們的人發現他沿途留下標記，陳先生懷疑他和那些土匪有很大的關係。」

「可他是你們把他從南京請來的，他從美國回來沒有多久，怎麼會和這裏的土匪有關係？那些土匪極有可能是朱連生的人。」苗君儒說道。

「你可能不知道那天晚上發生了什麼事情，」阿強說道：「我們都睡熟了，方連長手下的人發現他偷偷的離開，我和阿彪跟上去，見他蹲在那裏，好像在做什麼記號，我隨手拿了一塊石頭砸了過去，沒有想到就把他砸死了，我本來想把他的屍體帶回來，突然看到幾個女野人，我害怕被他們抓走，就跑回來了，至於你和陳先生身上的東西怎麼被他拿走的，我並不知道！」

苗君儒問道：「你確定就是你砸死了他？」

阿強點頭。

苗君儒問道：「也就是說，那些女野人看到你殺了程雪天？」

阿強點頭道：「應該是吧，在那種情況下，我也沒有多想！」

苗君儒皺起了眉頭，既然是阿強殺死了程雪天，女野人應該看到了，可是那個蒙拉依家族的後人為什麼要留下蘇成呢？莫非另有隱情？

苗山泉不知道什麼時候醒了過來，嘟嚕道：「你們在說什麼呀？剛才你們說的我都聽到了，那個人是我殺死的！」

苗君儒在程雪天的手上確實發現了苗山泉身上的毛髮，可並不能代表人就是他殺的。

苗山泉伸了一個懶腰，說道：「我看到那個人從我曾孫子的身上偷去了東西，又鑽進了棚子裏，當時你們都睡著了，我起身的時候，他從棚子裏出來，往別處去了，我追上去攔住他，後來我們就打了起來，我把他的頭摁在地上，用石頭打他的頭，把他打死了！」

這倒奇怪了，兩個人都承認殺死了程雪天。

苗君儒想了一下，問阿強：「你殺死他的地方在哪裏，大約幾點鐘？」

阿強回答道：「大約幾點鐘倒不清楚，我記得他在一個土坡下面！」

苗山泉說道：「我就在林子邊上把他殺死的。怪事，那個蒙拉依家族的後人為什麼不留下我，而要留下跟你們一起來的那個人呢？」

「這就是我覺得奇怪的地方，」苗君儒說道：「我曾祖父開始並沒有殺死程雪天，而是把他打暈了。他甦醒後繼續往前走，被警戒的士兵發現，阿強跟上去後再用石塊砸了一下，才把他砸死。」

阿強說道：「應該是這樣！」

「還有一點我不明白，」苗君儒說道：「是陳先生要你殺的，還是你自己想殺他？」

阿強說道：「是陳先生！」

「那你為什麼不用槍，而是用石塊？」苗君儒說道：「是不是怕驚醒我

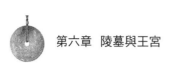

們？」

阿強點頭。

苗君儒望了一眼還在熟睡的陳先生，他最想知道的，就是程雪天在大棚子裏，除了偷走陳先生身上東西外，還做了什麼？為什麼陳先生要阿強在不驚動大家的情況下，殺死程雪天？

苗山泉看了看城門洞外的天色，隱隱露出一絲晨曦來。

「等天一亮我們就進城！」苗山泉把幾塊吃的東西丟到火堆中。火堆裏的東西燒熟的時候，天色已經大亮，其他幾個人也相繼醒了，大家各自吃了一些東西，整理行裝。

苗君儒對方剛說道：「把你最後那顆手雷，下一個絆索在這裏！」

「為什麼？」方剛問道。

「我想和後面的那些朋友打一聲招呼，」苗君儒說道。

「我們後面還有人？」方剛問

「我想應該有，而且人數不少！」苗君儒說道。

另外幾個人看著他，似乎不相信他說的話。

方剛半信半疑地選了一個光線較為黑暗的地方，用最後那顆手雷下了絆索，如果後面有人的話，一走進城門洞，由於不適應光線，腳踩上絆索，就會引發手雷爆炸。

苗君儒走到城門面前，見巨大的城門已經開啟了一條縫，城門是用數根高約十米，直徑達兩米的粗大樹木，削整後相拼而成。這麼大的城門，足有好幾噸重，完全可以抵擋古代攻城專用的大型撞城車的衝擊力。

那果王在城牆的防禦上，還真下足了本錢。可就是這樣堅固無比的城牆，還是被人攻破了。

「走吧！」苗山泉站在那條縫隙前，「來，大家一起用力，只要再推開一點，就可以進去了！」

幾個人抵住其中一扇城門，一齊用力，城門紋絲不動。苗山泉回到火堆旁，找了根大木頭，撬住那縫隙，眾人一起發力，城門緩緩向內開啟，剛好容下一個人通過。

幾個人跟著苗山泉走入城內，原以為裏面是一大塊平整的石板地，還有街道、房屋什麼的，可是眼前的景象確實嚇了他們一跳。

第七章

屍山血海

紅色的血水並不可怕，
讓他們感到恐怖的，是血海中的人。
那些人在血水中，或漂浮，或半沉，
有的只露一個頭在水面上，
他們全都在動，像在水中游泳。
還有的不斷從水底冒出來。

大家站成一排，他們所站的地方，是一塊巨大的石板，再往前就沒有路了，是一個較大的湖泊，湖泊裏的水全都是紅色的，這就是所說的血海。

紅色的血水並不可怕，讓他們感到恐怖的，是血海中的人。那些人在血水中，或漂浮，或半沉，有的只露一個頭在水面上，他們全都在動，像在水中游泳。還有的不斷從水底冒出來。

那些並不是活人，而是一具具的屍體。

屍體他們見得多了，缺胳膊斷腿的屍體也見過不少，但是這麼恐怖的屍體，他們還是頭一次見到。

空氣中有一股很難聞的腐臭味，熏得人頭暈。

那些屍體在水中游泳，面帶笑容，好像在朝他們微笑，也有的好像是在譏諷他們。那些屍體的臉上有些地方已經腐爛，露出白森森的骨頭；有的兩個眼珠已經爛掉，只剩下兩個黑洞；有的整塊頭皮已經不見了，只有一個白白的腦顱……

方剛是在戰場上滾爬過來的，血腥的場面見得多了，但是見到這些噁心的屍體，也還是忍不住一陣陣的反胃。

血海裏還有一根根四方形的石柱，石柱上掛著許多殘缺不全的屍體，有的屍體整個腹腔被剖開，內臟流了出來，黑呼呼的一大團，凌空懸掛著。

陳先生和阿強已經嘔吐了出來。

血海有一百多米寬，對面是一座古代宮殿式樣的建築物，宮殿的前面有一塊平台。血海兩邊都是垂直向上的峭壁，沒有可攀登的地方。

他們要想從站立的地方到宮殿前的平台上去，必須從血海裏游過去，或者飛過去。

苗君儒朝身後的城牆望去，見城牆兩側各有兩排高高的台階，一直延伸到城垛之上。

「當年我們是用繩子打個套扔過去，套住石柱，從繩子上爬過去的，」苗山泉說道：「可還是有兩個人不小心掉到水裏去了，就再也沒有爬上來。」

幾個人看到有幾根石柱上，垂下來一條已經腐爛的繩索。

苗山泉接著道：「進入通道後，老鬼第一個中了機關，被我送了出來，躺在外面。後來我們過了通道，進不去，就從另一條密道退了出來，我看到老鬼還活著，就帶了他一起走，誰知道……」

他歎了一口氣，沒有說下去。

方剛和那個士兵的身上，還有一些繩索，但都是細繩，就算套住石柱，也沒有辦法承受一個人的重量。他和那個士兵從身上解下繩索，堆在地上。

苗山泉看了一眼，說道：「長度也不夠呀！」

苗君儒轉身，沿著台階朝城牆上走去。來到城牆上，他拿出望遠鏡，朝來的方向望去，見隱約有一隊人正往這邊而來。

城牆上有一米多高的城垛，中間是寬約五到六米的夾道，夾道的兩邊有一些散碎的骸骨，還有不少完全鏽爛的刀和矛頭。可想當年的城牆之上，也經歷了一場慘烈的戰鬥。

站在城牆之上朝後看，宮殿的後面是一些倒塌的建築物，再往前也沒有路了，和血海的兩邊一樣，都是高達千丈的峭壁。估計這裏就是天坑的盡頭。

他望著下面的血海，也許當年這裏面的水是清澈的，像一些古代宮殿前面的護城河一樣，既然是護城河，那麼上面原先應該有一座橋才是。可是橋呢？

隨著那果王朝的滅亡，這裏被十八路土王的軍隊變成了地獄，也許那座橋也被人毀掉了。

就那一點繩索，是沒有辦法過去的，除非……

他想到了船，用船可以渡過去。現成的船沒有，但是可以做。可以去城外的樹林裏，砍一些樹木，做成筏子，就可以過去了。如果想增加浮力的話，原來城門洞內還有幾根沒有被燒掉的乾樹枝，都可以綁在一起的。

他下了城牆，把想法一說，不料苗山泉說道：「這個方法早就有人用過，不行的！」

「為什麼不行？」苗君儒問。

苗山泉回到城門洞內，撿了一根未燒盡的乾樹枝，丟到血海裏，見那乾樹枝在水面上飄了幾下後，就沉了下去。

連乾樹枝都沉，木頭製作成的筏子就更加不用說了。

看來只有用繩索套住石柱，從繩索上爬過去的辦法了。可是到哪裏去找那麼多繩子呢？

「繩子沒有，藤條還是有的，」苗山泉說道：「只是生藤條紮成的繩子，很重，不知道有沒有力氣套得住那些柱子。」

一行人出了城外，到林子裏砍了許多藤條，回到血海邊紮成了一根一百多米的藤索。方剛仗著力氣大，用一根藤索繫成圈，用力朝最近那根石柱套去。那根石柱離岸邊有十幾米，藤索飛出後，在距離石柱兩三米的地方落入水中。

方剛正要將藤索扯回來，卻被苗山泉制止：「這些水很厲害的！」

方剛將藤索往上扯了一下，見藤索已經斷成幾截，顯然已經被腐蝕了。難怪當年掉下去的那些人沒有爬上岸，原來這個血海裏的水像硫酸一樣，有很強的腐蝕性。

藤索確實很重，連方剛都扔不到的地方，沒有人能夠扔得過去。

苗山泉想了一下，他將方剛原來身上的繩索，三股並成一股，也有十幾米長。他繫了一個圈，朝那根石柱扔過去，繩索準確地套在石柱上。他把繩索的另一端牢牢和藤索繫緊，藤索的末端綁在一根木頭上，將木頭卡在城門之間。他對大家說道：「你們用力扯緊，等我過去後，再慢慢放鬆，千萬不要讓藤索掉到水裏。」

幾個人一起拉緊藤索，看著苗山泉像猿猴一樣從繩索上爬過去，很快就到了第一根石柱上，他回拉繩索，將藤索扯了過去，在石柱上綁了一圈。綁定後，他用繩索套住另一根石柱，就這樣一根套一根，最後用藤索將十幾根柱子連了起來。兩端再相互扯緊，人就可以從藤索上爬過去了。

苗君儒看到曾祖父已經綁好了藤索，朝大家揮了揮手，然後指了指後面的宮殿，身體卻突然矮了下去，倒在了地上。當他爬過藤索，來到曾祖父身邊時，見曾祖父已經斷了氣，一支長矛從背後射入，穿胸而出。

一定是剛才在繫藤索的時候，不小心踩到了機關。

苗君儒拔出那支長矛，扔到血海裏。他想找個地方將曾祖父埋葬，可是四周不是峭壁，就是石板地面，竟沒有可挖洞的地方！

他想將曾祖父的屍體背著一起走，朱連生走過來，按住了他。

朱連生解下包裹著上身的薄棉被，蓋在苗山泉的身上，並鞠了一躬。苗君儒學著古人樣子，跪在地上，含淚朝曾祖父重重地磕了幾個響頭。他這麼做，不僅僅是出自一個曾孫子對曾祖父的尊敬，更多的是感恩。在很大程度上，苗山泉救了所有人的命。

若是依照盜墓天書上的暗示尋找那果王陵墓的話，他們根本走不到這裏，就已經全部死掉了。

所有的人都朝苗山泉深深鞠了一躬，他們從心裏感激這位老前輩。接下來的路怎麼走，沒有了這位老前輩的指引，只有天知道。

苗君儒從脖子上取下自己的那塊玉，繫到曾祖父的脖子上，讓這塊玉永遠在這裏陪伴著曾祖父。這兩塊已經分開了幾十年的玉佩，終於在一起了。

「血海已經過了，可是這屍山在哪裏呢？」朱連生說道。

苗君儒站在城牆上的時候，用望遠鏡看了一下，見宮殿就只有這一處完整的主殿，後面都是一些倒塌的建築物，並沒有看到屍體堆成的山。盜墓天書中也沒有記載說屍山在哪裏。

「這地方可能到處都是機關，」朱連生說道，他就站在那裏，也不敢亂走。

苗君儒起了身，朝宮殿望去，見兩扇大門緊閉著，十二根粗大的木頭柱子撐起一道長廊，往下便是三層台階，每層十幾級。台階分成兩邊，中間是有幾塊大青石鋪成的斜坡，每一塊大青石上都雕刻著一些奇形怪狀的猛獸圖案。這些圖案才是真正的古代羌族的風格。

但是宮殿的建築風格卻是西漢時期的。苗君儒研究過古代羌族土王的王宮建築，是土木結構的，造型也很簡單，絕對不是木石結構，更沒有這種逼人的皇家氣派，屋頂也絕不是雕簷翹角，屋脊兩端那個龍頭魚尾的怪獸，就是漢族建築的典型，那怪獸叫螭吻，也叫鴟吻、鴟尾、好望等。古代傳說中，牠喜歡吞火。相傳漢武帝建柏梁殿時，有人上疏說大海中有一種魚，虯尾似鴟鳥，也就是鷂鷹，能噴浪降雨，可以用來厭辟火災，於是便塑其形象在殿角、殿脊、屋頂之上，用來鎮火。

苗君儒仔細看曾祖父走過的地方，見其中的一塊石板有向下移動過的痕跡，定是被踩中的機關。這樣的機關，也不知道有多少處。

他們是從藤索上爬過來的，並沒有帶棍子。要是不用棍子探路，只怕很容易踩中機關。

苗君儒看到方剛手上的槍，方剛立刻明白過來，用槍管抵在那塊石板上，剛一用力，見從宮殿的後面飛出一根長矛，射向他們站立的地方。好在他們都有準備，輕易避過了。

朱連生一閃身，將那支長矛抓在手裏，說道：「現在好了，可以用這支長矛來探路。」

他用長矛朝邊上的幾塊石板敲了幾下，一步步跟著朝前走。來到第一層台階的下面，都沒有觸到一個機關。

「奇怪，為什麼我們碰不到一個機關？」朱連生說道。

苗君儒回首望著曾祖父的遺體，有時候命運就是那麼捉弄人，在不經意之間，厄運就降臨了。他扭過頭望著氣勢恢宏的宮殿，眼角的餘光掃過朱連生手上的那支長矛，聽著朱連生用手上的長矛在石板上敲擊的聲音。

他猛地好像想到了什麼，望著那矛頭，見尖銳的矛頭上，泛著青色的金屬光澤。他見過那些古代留下來的長矛，雖然很鋒利，但是金屬的矛頭在不同的程度上，都有生銹的痕跡。而眼前的這根矛頭，卻沒有半點生銹的樣子。

他返身急走幾步，來到剛才方剛用槍管抵過的那塊石板上，右腳重重的踏了上去。石板並沒有任何變化，更沒有長矛飛出來。

如果機關在這裏，就算觸發機關，暗器也不會從宮殿的後面飛出來。那是什麼原因導致長矛從宮殿的背後飛出來呢？

難道宮殿的背後有人？

一想到這裏，苗君儒顧不了那麼多，快步走上台階，來到宮殿前，用力去推那兩扇大門。

其他的人追上來，朱連生問：「你不怕踩中機關嗎？」

「這裏根本沒有機關，」苗君儒說道：「宮殿的後面有人，我的曾祖父是被後面的人殺死的。」

「你說什麼？」朱連生驚愕地問：「你懷疑宮殿的後面有人？是那些女野人嗎？」

「現在還不知道是什麼人！」苗君儒指著朱連生手中的長矛說道：「這根長矛還很新，不像我們以前見過的那些。」

聽他這麼一說，大家看了看那支長矛，覺得很有道理。如果宮殿後面的人不是他們前面見過的那些女野人，那將是什麼人呢？

照盜墓天書上所說的，只要過了屍山血海，就是王陵的入口了。

幾個人一齊用力去推宮殿的大門，大門動了兩下，好像有什麼東西從裏面將大門頂住了。整座宮殿並沒有設偏門，連個窗戶都沒有。除大門外，其他地方都是用大青石砌成，堅固無比。「要想進入宮殿，只有從大門進去，別無他法。」朱連生說道。

要想憑這幾個人的力量推開這兩扇大宮門，恐怕很難辦到。

苗君儒看了看宮殿屋頂的木頭建築，說道：「要不我們想辦法爬到上面，掀開屋瓦，就可以進去了！」

他是一個考古學者，面對這些古老的建築，應當極力去保護和研究，可是現在，他什麼都不顧了。

要想爬上宮殿的屋頂倒不難，用繩索勾住長廊上的橫樑，就可以上去了。

朱連生用繩索套住橫樑，幾下就爬了上去，用長矛捅開長廊上的屋瓦，爬到屋頂上，沿著瓦溝往上爬了十幾步，找了一個地方站定，動手掀開屋瓦。忽然感覺到耳邊風響，心知不妙，忙就勢一滾，身體頓時滑了下去，所幸雙手牢牢抓住幾片屋瓦，減緩了下滑的速度，才使他用腳抵在一處地方，穩住了身子。回頭望時，見兩根長矛斜插在瓦縫裏。

他大聲喊道：「你們都上來吧，宮殿的後面果真有人。」

直接從屋頂上爬過去，也是個辦法。

苗君儒也上了屋頂，看到那兩根斜插在瓦縫裏的長矛，說道：「還好他們只是用一兩支長矛對付我們，要是像在廟宇那邊，用箭來射我們的話，可就麻煩了。」

他掀開幾片瓦，想看下面的情形，見下面黑黑的，根本看不見什麼。後面的人相繼爬了上來，一個個手腳並用，朝屋脊上爬。方剛最先爬到屋脊上，坐在那裏。

「看到什麼了？」陳先生來到苗君儒的身邊問。

阿強也爬了過來，站在陳先生的身邊，三個人幾乎踩在同一根椽子上。

苗君儒剛要叫他們兩個人分開站，可是腳下已經傳來了木頭的斷裂聲，腳邊的屋瓦發出「嘩啦啦」的碎響，身體隨之掉了下去。

朱連生聽到了木頭的斷裂聲，回首見苗君儒他們三個人站立的地方，出現一個大洞，三個人都不見了。他暗叫一聲「糟糕」，忙退回到那個洞邊，向下望去，可是根本看不到什麼。

方剛正要過來看，被朱連生搖手制止：「你在那裏守著，注意後面的人！」

卻說苗君儒從屋頂上落下來後，以為從那麼高的地方掉下來，就算不死，也要摔成重傷。哪知掉下來沒有多久，就落在一堆軟綿綿的東西上。右手一摸，摸到一個圓圓的東西。左手也摸到了一條手臂狀的東西。

上面傳來朱連生的聲音，「你們沒有事吧？」

苗君儒答道：「我沒事，就是不知道他們兩個人怎麼樣！」

他聽到陳先生的聲音：「我們也沒事，這下面軟軟的，不知是什麼東西！」

苗君儒想到了盜墓天書中所說的屍山，莫非現在就躺在屍山上？他一激靈，坐了起來。從工具包中摸出一塊松明，點燃。

剛一點燃松明，他就看到了身下的幾顆人頭，他正坐在兩具屍體上，他站起身，左右環視了一下，見四處全都是屍體。

正是屍山！

他們三個人從上面落下來，就掉在屍山上。

如果不是屍山，他們三個人還不知道會摔成什麼樣子。

阿強也點燃了火把，看他那臉色，顯然嚇得不輕。他們腳下的全都是屍體，男女老少都有，都是兩千年前的古人，從身上服飾上看，有羌族，也有漢族，還有其他民族的。

這些屍體都沒有腐爛，却早已乾枯，但是青灰色的皮膚好像還有彈性，一具具全都是皮包著骨頭，像木乃伊，眼珠和嘴巴乾枯得只剩下三個黑洞。

苗君儒抬頭看了一下，見他們落下來的距離也就是兩三米，而整座宮殿少說也有十米高，也就是說，他們所站的屍山有六到七米的高度，往前走了十幾步，見前面全部都是屍體。如果整個宮殿裏全都塞滿了屍體，那麼，最起碼也有兩到三萬具屍體。

兩千年前，兩到三萬具屍體可是一個龐大的數字。

宮門肯定也是被這些屍體堵住了，可是當年曾祖父他們又是怎麼推開宮門進來，一步步爬過屍山的呢？

站在這樣的一大堆屍體上，禁不住頭皮一陣陣的發麻。

他有心尋找宮門所在，見朱連生從上面垂下來一根繩子，叫道：「爬上來吧！」

陳先生已經抓著繩子，爬了上去。阿強在爬上去的時候，想將火把用腳踩滅，可是踩了幾腳，火把沒有滅，有兩具乾枯的屍體倒是燃燒了起來。

屍體在乾枯後，身上的水分蒸發掉了，但體內的油脂卻凝固了下來，乾屍最忌火，只要碰上一點火星，就會燃燒，而且很難撲滅。

阿強連連踩了幾下，見屍體上的火不但沒有被踩滅，反而越來越大，嚇得他連忙抓著繩子，幾下爬了上去。

苗君儒也想過去抓著繩子，但是火勢越來越猛，而且迅速蔓延開來，他已經沒有辦法過去了。照這樣的燃燒速度，如果在十分鐘內不想辦法出去的話，便會葬身火海。

火苗竄上了屋頂，屋頂的木頭橫樑與椽子相繼燃燒起來，用不了多久，整座宮殿便會在大火中化為灰燼。

「快點走！」朱連生將繩子拋給方剛，大聲道：「用繩子繫住屋椽，順著繩子滑下去！」

「苗教授怎麼辦？」方剛問。

「我來想辦法！」朱連生道。他見火苗已經竄上了屋頂，忙順著屋脊朝另一邊跑去。他扒開屋瓦，見苗君儒已經退到一角落裏，火苗沿著屍堆向四處蔓延，整個宮殿被火光照得通亮。

他幾下解開綁在身上的繩索，折成兩股垂了下去，大聲叫道：「快點抓住繩子，我拉你上來！」

苗君儒正為找不到出路而驚慌，見從屋頂上垂下一根繩子，忙衝過去，不料右腳突然一空，陷入屍山的一個縫隙中，拔了幾下都沒有拔出來。

當他將右腳從縫隙中拔出來時，見火勢已經漫過了那根繩子所在的地方。

「不要猶豫了，衝過來抓著繩子！」朱連生叫道。

苗君儒定了定神，緊跑幾步，衝入火中，伸手抓住了那根救命的繩子。就在剎那間，感覺從身上掉出一樣東西，低頭一看，見是那本盜墓天書。

這本盜墓天書是霍光紙所製，雖不懼水和蟲子，但由於充滿油性，見火則化，就算他此時不顧性命，跳下去撿的話，也撿不回來了。

他被朱連生拽上了屋頂，連聲歎息道：「那本盜墓天書掉下去了！」

朱連生道：「命都沒有了，還要什麼天書？快走！再不走這個屋頂就燒塌了！」

兩人順著簷溝往下爬，完全能夠感覺屋頂的瓦片有些燙手，爬到屋簷邊，順著繩子溜了下去，剛一落地，就聽到「嘩啦」一聲巨響，整個屋頂都坍塌了。火苗「嗖」地一下，冒起十幾丈高，整個天邊都似乎被火光映紅。

苗君儒和朱連生從長廊下跑了出來，兩人的頭髮都已經被烤焦，所幸還撿回了條性命。

大火越燒越烈，他們逃到離宮殿一兩百米的地方，仍感到熱氣逼人。

在他們的身邊，都是一些殘垣斷壁，有些地方，也有被火燒過的痕跡。

「你看到那些人沒有？」朱連生問方剛。

方剛搖頭道：「我下來後朝兩邊搜索了一下，都是一些破爛的房子，並沒有看到人。」

「這倒奇怪了，我爬上屋頂的時候，明明有人扔長矛過來，還好我多了一個心眼，躲得快！要不然也跟老爺子一樣了！」朱連生問苗君儒：「你認為那些人是什麼人？」

「沒有辦法確定，」苗君儒道：「我們應該能遇上他們，到時候就知道了！」

幾個人剛轉身要走，從城牆方向傳來一聲爆炸，定是有人不小心踏上了絆索。

方剛說道：「苗教授，你怎麼知道我們後面有人？」

苗君儒說道：「一直以來，我們後面都有人跟著，不是嗎？」

方剛沒有再說話，事實確實是這樣，他望著燃燒中的宮殿，後面的人要跟上來，最起碼也要等到宮殿完全燒毀，火熄了，才能夠進來。

苗君儒朝前面望去，見前面不遠的地方就是峭壁，整個地段的地形成U字形，抬頭往上看，如同站在幾千米深的井底，那種視覺上的壓抑感，壓得他們幾乎喘不過氣來。他們已經走到了底部，除兩邊的殘垣斷壁外，已經沒有路了。

在峭壁的邊上，有一根粗大的石柱，石柱大約有十幾米高，直徑一米，表面很光滑，並沒有雕刻什麼奇怪的圖案。就這樣的一根石柱豎在這裏，也不知道當年用來做什麼用的。

他們走到石柱前，看著石柱。

苗君儒對朱連生說道：「王陵的洞口在哪裏？」

朱連生說道：「我也不知道！」

苗君儒說道：「可是你從盜墓天書上撕下的那兩頁紙，是馬大元留下來的！」

朱連生從衣內拿出一塊黃絹，小心地掀開，果然見裏面有兩頁顏色發黃的紙，正是他從盜墓天書上撕下來的。

苗君儒見其中的一張畫著幾個人站在一起，兩邊都是很高的峭壁，在那幾個人的中間，有一根分隔號，旁邊有幾句詩：千丈深井無路尋，擎天一柱救蒼生，要問陵墓何處尋，力大如牛方可進。

另一張紙上畫著一些看不清楚的線條，彎彎曲曲的相互纏繞在一起。邊上也有幾句詩：王陵通道千百條，條條直通閻王殿，機關密佈路難走，九死一生。

這首詩的後面，竟也只是四個字。

下面還有一些注譯：進洞時，有近二十人，奈何通道太於精妙，雖有精通奇門遁甲之術者，亦難逃此劫，最終剩吾與苗氏夫婦三人，進退不得，幸苗氏無意開啟活門，方逃出。

注譯的字數並不多，但是其中的兇險卻已經暴露無疑。當年的那些人，每一個都有一技之長，都是能人異士，可都沒有辦法過這個通道。而現在，他們只剩下六個人，除非找到當年苗氏無意開啟活門的那一處機關，否則就算進去了，也會困死在那裏面。

可惜苗山泉已經死了，否則的話，就不用擔心過通道裏面的機關，還能夠開啟活門，直接到達噴火鐵麒麟守衛的那一道墓門前。

進入王陵洞口的機關就在那根石柱上，只要找對方向，推動石柱，洞口應該就會出現。可是那些用長矛殺死苗山泉的人，躲到哪裏去了呢？這地方並不大，除了他們之外，看不見其他的人。

幾個人沿著峭壁底下搜了一圈，只見到幾個一尺見方的小洞，這樣的小洞，一般人是鑽不進去的，他們丟了幾塊瓦片進去，聽聲音裏面好像很深。

「我們的後面不是有人嗎？要麼我們和他們合作，一起進去！」陳先生提議道。

「他們人多，萬一找到王陵內，那麼多奇珍異寶，你認為他們會留一點給我們嗎？」朱連生說道：「我們在前面替他們開路，他們倒會撿現成的。」

苗君儒說道：「其實我認為可以和他們合作！」

他想見識一下後面那些人的領頭人是什麼人，想進一步證實自己的猜測。

他接著說道：「我們現在只剩下六個人了，就算進得去，過不過得了那些機關，還是一個未知數！」

「你的意思是，我們必須和他們合作？」朱連生很不情願。

苗君儒說道：「我想我的曾祖父對那個蒙拉依神秘家族的後人的推測，可能有誤！」

朱連生問：「你是怎麼看出來的？」

「如果那個人真的是蒙拉依神秘家族的後人，他絕不會輕易放過我們，就算我用激將法，他也不會讓我們進來；其次，殺死程雪天的人明明是我曾祖父和阿強，可是他為什麼要留下蘇成呢？這就很令人費解了！」苗君儒說道。

「我也覺得奇怪，可也不知道是什麼原因，」陳先生說道。

「你的手下人發現程雪天沿途做標記，」苗君儒對陳先生說道：「所以你要阿強去殺了他，可是我想知道的是，你為什麼要把你的東西交給他呢？你還對他說了些什麼？」

「那塊寶物是程雪天從陳先生身上偷去的，他還想……」阿強叫起來，被陳先生制止。

陳先生對苗君儒道：「你真的想知道？」

「我當然想知道，」苗君儒說道：「你之前說請他們兩人來，是為了防止被外界知道你盜墓的行徑後，有一個冠冕堂皇的理由，可是我覺得你那麼做，是另有原因，我也問過你，你說出這個主意的人是古德仁，可是你想過沒有，古德仁為什麼要出這個主意？這兩個科學家是不是還有另一個身分？」

苗君儒接著說道：「此前我並沒有懷疑過他們的身分，但是他們作為科學家，對本學科的東西，竟然不感興趣，這就不得不讓人懷疑了。」

「其實我也沒有想到他們是假的，」陳先生說道：「我的人發現程雪天沿途留下標記，我就已經懷疑他的身分了，可是我沒有辦法證實，只想等利用完他之後，再把他殺掉，可是那天晚上，他來到我住的大棚裏，用槍指著我，從我身上拿出了那塊寶物，我才知道，他是軍統局的人。」

苗君儒已經知道陳先生的靠山是中統，國民黨的這兩大特務組織，在很多時候是水火不相容的。他問道：「軍統局的人怎麼知道你的計畫？」

陳先生說道：「這我可不知道，我懷疑是古德仁，也許他是軍統的人！」

陳先生的懷疑完全有可能，苗君儒也懷疑古德仁並沒有死，而是躲在幕後遙控指揮著這一切。整個尋找那果王陵墓的行動，都在按古德仁的計畫，一步步實施著。

苗君儒問道：「在大棚裏，你和程雪天說了些什麼？」

陳先生說道：「他告訴我，他的人就在後面，要我把寶物交給他，他當時用槍指著我，我只好把寶物給了他！我警告他不要亂來，可是他不聽。」

苗君儒說道：「在他拿這寶物離開後，你叫阿強去殺掉他，其實你們完全可以在他的背後開槍，為什麼你要吩咐阿強在不驚動我們的情況下殺掉他？」

陳先生有些生氣地說道：「我那麼做，只是想讓你們睡個好覺，不想驚動你們，反正是殺一個人，用什麼工具都一樣。」

「你有沒有想過？」苗君儒說道：「他的身上，有一封我二十年前寫的信，那封信的內容，就是關於那果王朝的。人是假的，但是信是真的，也許真的程雪天，已經被他們害了！」

「除了我之外，肯定還有人得到了這方面的消息，才來橫插一手，媽的，一定是軍統的哪個王八蛋，回去我絕饒不了他！」陳先生說道。

宮殿那邊的火漸漸小了，但要等到完全熄滅的話，還要等很久，他們不可能站在這裏等那些人過來。

「反正天色也不早了，我們乾脆找一個地方休息一下，」方剛說道。

這兩邊的房子原來都是偏殿，和被燒掉的那座主殿是一體的，有些地方還連接著，倒塌的宮牆和破碎的瓦堆裏，還能找出不少乾木頭來，晚上用來取暖不成問題。

幾個人找了一處稍大的屋子，躲在一個避風的角落裏。方剛和那士兵將木頭劈成一段段的木柴，架起了一個火堆。

阿強拿出乾糧袋，抖了抖，只抖出一捧乾糧來，對陳先生道：「我們就只剩下這一點了！」

陳先生將那捧乾糧全奪了過去，對阿強說道：「你和他們一樣，吃點樹根充饑吧！回去我虧待不了你！」

他三兩下將乾糧吃了個乾淨，找了個舒服點的姿勢，和衣躺了下來！

苗君儒望著陳先生，這位生活在上流社會的貴公子，為了所謂的奇珍異寶，甘願來受這麼大的苦，還真的是難為他了。

幾個人都吃了些東西，各自躺了下來。方剛和那士兵兩人做了分工，一個人守上半夜，一個人守下半夜。

阿強在睡覺的時候，緊緊抱著那個包裹，那裏面放著用冰寒青玉鏤刻而成的狗頭怪獸。那塊萬璃靈玉，由陳先生隨身帶著。

苗君儒突然想到，萬璃靈玉應該是一塊具有靈性的玉，可是到現在為止，也看不出這塊靈玉到底靈在哪裏，也許還沒有到時候吧。

他想起曾祖父說過的話，當年最精通奇門遁甲之術的老鬼，在第一個進入通道的時候，就中了機關。老鬼精通奇門遁甲之術，以為通道裏的機關是按照奇門遁甲之術佈置的，所以就用奇門遁甲之術去推敲，誰知那樣一來，反而中了機關。

曾祖父也說過，當年他們三個人遇到鐵麒麟，進不去陵墓，回來是通過另一條密道，如果找到那條密道，就不用費那麼多周折了。

可是那條密道在哪裏呢？

他想起曾祖父臨死前的那個動作，是用手指著後面的宮殿，難道密道會在宮殿的屍山下面？

第八章

千年女人皮

苗君儒猜想著這個女人生前的身分。
在古老的羌族，殺人的方式雖然有很多種，
但剝皮是最殘酷的，往往剝下一整張皮之後，
人還沒有死，渾身血淋淋的，不斷滴著血，
就這樣挨上好幾天才氣絕。
據說被剝掉人皮的人，永世都無法再變回人。
這惡毒的刑罰，也只對犯下彌天大罪的人適用。

苗君儒是被人推醒的，他睜開眼睛，見天色已經朦朦亮了，看到方剛和那個士兵已經被人繳了械，雙手被反綁著，身後站著幾個持槍的人，將槍頂在他們的背上。

而另外的一些人，則持槍對著他們。那些人中，有不少好像受了傷，估計都是被手雷炸傷的。不少人手裏拿著步槍，身上卻還背著弓箭。身上穿的是本地少數民族的服飾，也有不少人穿著漢人的衣服。

他看到為首的三個人，其中兩個他已經見過，也證實他的猜測。蘇成和那個自稱蒙拉依神秘家族後人的人，是一夥的。

還有一個人，個子較高，一身體面的西服，外面還穿著高領的皮衣，戴著禮帽。但是這個人卻不敢以面目示人，臉上蒙著一塊黑布。

苗君儒站起身，對那個人說道：「我想應該是你，古大老闆，你的那些把戲，瞞得過別人，可騙不了我！」

蘇成笑道：「苗教授，你也太自信了，你以為你的每一個猜測都是對的嗎？古德仁算什麼東西？」

苗君儒微微一驚，聽蘇成這麼說的話，那個蒙臉的人不是古德仁，會是誰呢？

「覺得很意外是不是？」蘇成笑道：「現在還不是揭開答案的時候，等我們進入那果王的王陵，會讓你知道的！」

苗君儒問那個自稱蒙拉依家族後人的人：「你並不是蒙拉依家族的後人，你到底是什麼人？」

「告訴了你，也沒有用，」那個人說道：「我叫都拉麻牯，祖上是這裏的土王！」

苗君儒問：「就是兩千年前起兵反抗那果王的十八位土王中的一個？」

都拉麻牯說道：「是的。」

苗君儒問：「蒙拉依家族的後人呢？」

「你們見過的，就是那個老土司，」都拉麻牯說道：「我都拉家族幾代人，甘願在他家為奴，就是為了想得到那個秘密。」

苗君儒說道：「現在你終於得到了那個秘密了？」

「不錯，這還得感謝你們，在你們來之後，他的年紀太大了，沒有辦法走動，就把秘密告訴了我，要我想辦法將你們殺死在半路上，」都拉麻牯笑道：

「他哪裏知道，我都拉家族為了等來這個秘密，足足等了兩百多年。」

苗君儒說道：「當年十八路土王的軍隊攻入那果王的王宮，殺了那麼多人，都沒有找到那些奇珍異寶，他們懷疑那些珍寶一定埋藏在什麼地方，兩千年來，不斷有後人尋找，可都毫無例外地死於非命，而你的祖上，不知道通過什麼途徑，得到了蒙拉依家族後人的消息，於是就按你所說的，甘願為奴，就是為了探聽那些珍寶埋藏在哪裏，對吧？」

都拉麻牯說道：「是這樣！」

苗君儒問道：「你既然知道老土司就是蒙拉依家族的後人，為什麼不提早採取行動，逼他說出來？」

都拉麻牯說道：「蒙拉依家族的後人寧死也不會說的，那樣的方法我祖上早就用過，唯一的方法就是讓他自己說出來。」

苗君儒問道：「照你這麼說的話，你現在是不是已經知道了那些埋藏珍寶的地方？既然這樣的話，你完全可以獨吞那些珍寶，沒有必要和別人合作。」

都拉麻牯望了一眼那個蒙著臉的人，說道：「這是我們之間的事情！」

苗君儒望著那蒙著臉的人，覺得那眼神很熟悉，似乎在哪裏見過，一時間竟想不起來。

陳先生身上的萬璃靈玉被人搜了出來，交到蒙面人的手裏。

苗君儒對蘇成道：「我其實早就應該懷疑你的身分，一個從美國回來沒有多久的生物學家，對這裏的奇花異草，竟然不採集標本，程雪天明明是阿強殺的，可是都拉麻牯卻找藉口留下了你，你們兩個人是早有勾結的！」

阿強被兩個人從地上拽了起來，押到旁邊。

一聲槍響之後，苗君儒看到那蒙面人的眼神，似乎有淚光在閃動。心道：莫非他和那個假程雪天，有什麼關係不成？

所有的人都被搜了身，朱連生身上的那兩頁紙也被搜了出來。有兩個人在苗君儒的身上搜得很仔細，可是除了一支鋼筆外，並沒有搜到什麼。

「那本書呢？」蘇成問。

「掉到火裏去了，你沒有看到被燒毀的宮殿嗎？」苗君儒冷冷地說。

「這麼巧？」蘇成問，「那你們沒有了盜墓天書，打算怎麼進去？」

那蒙面人看著從朱連生身上搜出來的兩頁紙，用手指了指那邊的石柱，做了一個轉動的手勢。

苗君儒、朱連生和陳先生三個人被人綁了起來，和方剛他們兩個人一起，五個人被繩子穿成一串。

天色已經大亮，苗君儒看清面前的人，手上的武器和他之前見過的那些土匪一樣，人數大約有五六十人。他們之中，居然有幾個穿著美式軍服的軍人，提著湯姆森衝鋒槍，青一色的美式裝備，應該是蒙面人帶來的隨從。

這個蒙面人到底是誰呢？苗君儒想了很久，也想不出來。他看到有十幾個人在都拉麻牯的指揮下，合力轉動那根石柱。

隨著「轟隆隆」的沉悶巨響，石柱左邊的岩壁，豁然向內開啟了兩扇大石門，露出一個大洞來。那兩扇大石門在沒有開啟的時候，無論從哪個角度看那地方，都是一塊平整的岩壁，看不出任何人工雕琢過的痕跡。古代人的偽裝藝術，也確實出神入化，幾乎達到了登峰造極的地步。

「你們五個人先到前面幫我們探路，」蘇成笑道。

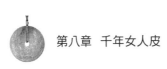

「他現在還笑得早了點！」朱連生低聲道。

他們五個人被押著往前走。苗君儒心中想道：既然都拉麻牯利用他的身分和老土司的信任，控制住了那些女野人，已經知道寶藏的所在，為什麼不利用密道進去，而要這般大費周折？其中難道還有隱情？

走進洞口，就看到旁邊的地上有好幾具骸骨，有的胸口上還插著箭，是那些剛進入通道就中了機關的人，被人拖了出來放在這裏。

洞內並不大，上下高約十幾米，左右也就是六到七米的樣子。洞壁上有許多雕刻出來的神像，各種姿態的都有，這些東西都是研究那果王朝的有力證據。

往內走不了多遠，見到一塊石碑，上面有一行小篆：進入迷宮者九死無生。

如果是說九死一生，或許還有一線生機，可是上面說的是九死無生，也就是說，進去多少人都得死在裏面。九死無生這四個字，他之前就見過，並不足為奇。這種地方遍佈機關和殺機，確實可以嚇住不少人。若是當真九死無生的話，當年為什麼還有三個人走出去了呢？

石碑的後面，有幾條岔洞，岔洞大小不一，兩旁的洞壁上有人工修飾過的痕跡，估計已經到迷宮了。

苗君儒回頭對蘇成道：「不就是要我們幾個給你們探路嗎？可也用不著這麼綁著，萬一有什麼陷阱，一個人掉下去其他人也跟著掉下去。」

都拉麻牯揮了一下手，有兩個人上前，將他們身上的繩子解開。幾個人拿槍指著他們，逼他們繼續往前走。

陳先生的兩條腿開始發軟，身體要往地上坐，方剛將他扶了起來，「不就是死嗎？有什麼好怕的，老子在戰場上不知道死過多少回了！」

苗君儒對都拉麻牯道：「還有火把，你總不能讓我們摸著黑走路吧？還有我的工具包。」

馬上有人上前給了他們一人一根火把，並把工具包還給了他。

「選一條路，我們跟著你們走！」蘇成叫道。

他的聲音稍大了一點，在洞內「嗡嗡」迴響著。

苗君儒對蘇成道：「我的曾祖父告訴我，這個洞也是被詛咒了的，只要聽到回音，說話的人肯定死在這裏，而且死得很慘。」

苗君儒這麼說，只是嚇唬對方，不料蘇成已經變了臉色，返身要退出洞外，被都拉麻牯持槍攔住。

蘇成道：「我不進去了，在這裏等你們出來！」

都拉麻牯道：「我們這麼多人，誰都不想死！有他們在前面探路，要死會先死他們，還沒有輪到你呢！」

蘇成看著都拉麻牯的槍口，硬著頭皮往裏走。

苗君儒看著面前的六個岔洞，其中有兩個洞的入口處，有幾具骸骨，有的骸骨已經散碎了，顯然年代很久。

「我們走哪個洞？」朱連生輕聲問。

「你們一個人走一個洞，」都拉麻牯道：「從最後邊開始，我派人在後面跟著你們，我數十下，你們必須進去，否則我就開槍了！」

都拉麻牯開始數數。

「走吧，一個人一個洞，聽天由命，總比被人殺死在這裏的好，」苗君儒對身邊的幾個人說道：「注意腳下！」

五個人分別走進了五個洞，另有五個持槍的人，在他們後面距離四五米的地方跟著。

苗君儒走的是一個小洞，也就兩米多高，寬度不足兩米，在這樣的地方，要是踩中機關，連躲避的機會都沒有。他每走一步都很小心，並仔細看兩邊的洞壁。進去沒有多遠，見兩邊的洞壁上伸出了好幾支長矛，兩具骸骨一左一右地被長矛釘在洞壁上。一定是這兩個人相對著，背靠洞壁往前走，不小心觸動了機關。

他看著腳下，都是一塊塊的石板路，要是用一根棍子探路的話，也許要好得多。他抓著一根長矛，用力拔了出來。用長矛在石板上輕輕敲打著，只要聽到聲音不對，就跨過去。大約走了兩百米，見面前的洞壁豁然開朗，石洞大了許多，但是往前走的路不是一條，而是三條，出現了三個岔洞，每個岔洞的洞口都和進來時候的洞口一般大小。

他問身後的那個人，「走哪邊？」

那人道：「隨便你，要死的話先死你！」

苗君儒剛走進左邊的一個洞，還沒有走幾步，就聽到前面傳來兩聲慘叫。心中頓時一驚，暗道：難道前面還有人？

一不留神，沒有看清腳下，踩到一顆骷髏頭，身體頓時失去了平衡，重重摔倒在地，耳邊聽到兩聲風響，後面那個持槍的人發出一聲慘叫，他扭頭望去，見那人的胸口插著一根長矛，掙扎了幾下後，倒在地上。

苗君儒心中大駭，明明是他觸動的機關，為什麼死的是後面的人，難道長矛是從前面飛過來的，他碰巧摔倒在地，才使後面的人當了替死鬼。他不敢起身，跪著慢慢往前爬。爬一陣就坐下來休息一會兒。遇到那些敲擊起來聲音不對的石板，便小心地從邊上過去。

爬了大約兩三百米，見前面又有三個岔洞，其中一個洞口好像有火光。他小心地爬過去，見一根火把掉在地上，一個人被從洞壁上射出的長矛貫通了腋下，死在那裏，手中的槍和火把掉在地上。

他撥開那人的屍體，朝前面低聲道：「我是苗君儒，誰在前面？」前面沒有人應，隱約有火光。苗君儒心道：難道前面的人也死了？

好不容易爬到前面，他認出那個被長矛刺中腹部的人，是方剛手下的士兵。那個士兵還沒有斷氣，看到苗君儒後，吃力地用手指了指前面，只說了一個字：「人。」便再也說不出話來了。

苗君儒看著士兵身上的長矛，見那矛頭很新，還有剛磨過的痕跡。他立即想到：這些通道裏面，埋伏著不少人。這些人和殺死曾祖父的人，應該是同樣一夥人。這個士兵和他不是從同一個洞口進來的，可是到了這裏，卻走到一起了。既然這裏是迷宮，那麼所有的洞口都是相通的。

「砰砰！」不知道從哪裏傳來兩聲槍響，隨後聽到了一聲淒厲的慘叫。

苗君儒小心地朝前面爬了一段路，聽到前面傳來說話的聲音，隱約還有火光。他爬了過去，見三個人站在那裏，是朱連生、陳先生和方剛。方剛的手上，除了火把外，還拿了一支槍。朱連生、陳先生手上各自拿著一根長矛。

看到苗君儒爬了出來，朱連生笑道：「你還活著？」

「是呀！閻王老爺不收！」苗君儒道：「這個洞裏有人！」

「是有人，」方剛說道：「我見到一個人，個子好像很小，太暗，看得不是很清楚，動作倒是很快，我差點死在長矛下。」

苗君儒想起了在外面看到的那些小洞口，如果是成年人，根本沒有辦法鑽進去，但是小孩就不同了。

這種個子很小的小人，也許才是真正保護王陵的人。

「這裏洞洞相連，遍佈機關，」苗君儒說道：「那些機關經過了那麼多年，大多數都已經被人引發了，我們看到的那些骸骨就是證明！」

朱連生點頭道：「我從那個洞裏進來，只碰到一個機關，死人倒是看到不少。」

苗君儒說道：「這是一座迷宮，我們怎麼走都走不出去的。」

方剛問，「難道我們一輩子就在這裏面轉嗎？這樣下去的話，就算不被那些人殺死，也會餓死！」

苗君儒說道：「當年是我曾祖母在不經意的情況下，打開了另外一條通道，才走了出去。我一直都在想，那條通道在什麼地方。是方剛的話提醒了我，你們想一想，那些小人對這裏的環境很熟悉，他們躲在暗處，來去自如，攻擊每一個陷入迷宮的人，這些陷入迷宮的人要是走不出去的話，遲早都會被他們殺死。他們在洞內來去自如靠的是什麼？」

「通道！」朱連生說道。

「不錯！」苗君儒說道：「只要我們找到那些通道，就可以出去了！」

「我們去哪裏找呢？」方剛問。

「這就要去問那些小人了，」苗君儒說道：「我看到那些骸骨，有很多不是踩中機關，而是直接被人用長矛殺死的，那些孩子不足一米高，他們投擲長矛的距離最多不超過十米，他們投擲完長矛之後，身影馬上就消失了，他們一定躲進了密道……」

「小心！」方剛大叫著推開苗君儒，一支長矛從黑暗中飛過來，經過苗君儒剛才站立的地方，刺到洞壁上後彈落在地。

方剛眼疾手快，朝長矛飛來的方向開了一槍。這支槍是他從被長矛殺死的人手上拿來的，有槍在手，膽子也就壯了許多。

「走，朝那裏去看看！」苗君儒說道。

幾個人剛走幾步，就聽到一陣雜亂的槍聲，一定是那些跟在他們後面的人，被小人襲擊後開的槍。

他們朝著長矛飛來的方向走去，方剛持槍負責警戒，其餘三個人仔細看地面和兩邊的洞壁，尋找通道的入口。

「在這裏！」朱連生叫道。

幾個人圍攏來，見朱連生用手中的長矛，指著洞壁上一塊不起眼的凹溝，若不仔細看那處凹溝，以為是岩壁自然形成的，可是仔細一看，便看見凹溝的中間和邊上，都有摩擦過的痕跡，痕跡而且很新。

朱連生用長矛的矛頭往凹溝內一頂，在他們面前的石板地上，一塊石板無聲地朝下面滑開去。

像這種下面是空洞的石板，苗君儒碰到過許多，但是他以為那是機關所在，不敢去碰，而是小心地避開。

「我先下去！」方剛道，他跳下去之前，朝洞裏開了一槍。這些通道內，肯定有那些小人，他可不想一跳下去，就被人用長矛在身上捅個窟窿。

苗君儒下到洞裏，見這條通道都是用石塊壘成的，一米多高，半米多寬，人在下面走，必須彎著腰才行。朱連生走在最後，他背朝前面倒著走，是怕有人從後面襲擊他們。

走了十幾米，通道越來越寬敞，見兩邊都有岔道。他們沿著主道走，一路上並沒有受到襲擊，倒是覺得有些奇怪。

大約走了四五百米，見到一排向上的台階，上台階的時候，幾個人都很小心，怕有什麼機關。上了台階，他們發覺處身在另一個很大的溶洞裏。

這個溶洞的周圍，擺放著許多造型奇特的怪獸雕像，令人奇怪的是，這些怪獸的面部表情，並不像別的地方看到的那樣，一副邪惡兇狠的樣子；所有怪獸頭上雕刻的線條柔和簡明，無形之間，給人一種溫順謙遜的感覺。

這些雕像由於年代太久，很多都已經變得殘缺，在他們正對面的地方，有一座半米多高的石台，上面有一張石雕的大座椅，石雕的大座椅上鋪著一塊早已經變了顏色的虎皮，椅子的旁邊有兩條石雕的狗。苗君儒想到了那塊冰寒青玉雕刻而成的狗頭印璽。

擺放在旁邊的那些怪獸雕像，上身微微下伏，呈半圓形的圍著石台，就像一群大臣，朝著坐在那張石雕的大座椅上的國王鞠躬敬禮。

幾個人往前走，上了石台的台階。苗君儒看到雕刻大座椅的紋路有些怪異，上面的雲彩圖案並不是漢朝的雕刻藝術，那麼飄逸灑脫，反倒是方方正正的，有板有眼，與春秋戰國時期的建築圖案相似。難道從漢朝帶來的那些工匠裏，還有沿襲戰國雕刻藝術的工匠師？

最讓人注目的，是大座椅後面的那個「人」，這已經不是個人，而是一張女人的皮，從胸前和下身隱私的部位可以看得出來。這張皮被繃在兩根石頭之間，薄如蟬翼，從頭到腳，並沒有一絲殘缺，可見剝皮人的技術有多麼的精湛。

苗君儒望著這個女人，猜想著這個女人生前的身分。

在古老的羌族，殺人的方式雖然有很多種，但剝皮是最殘酷的，往往剝下一整張皮之後，人還沒有死，渾身血淋淋的，不斷滴著血，就這樣挨上好幾天才氣絕。據說被剝掉人皮的人，永世都無法再變回人。這樣惡毒的刑罰，也只對那些犯下彌天大罪的人適用。

這張大座椅的主人，決不是普通的人，將人皮剝下後綳在這裏，是為什麼呢？這個女人到底是誰，究竟犯下了什麼罪，而慘遭剝皮之刑。

朱連生離這張人皮最近，他叫起來：「苗教授，你快來看，這上面還有字。」

苗君儒走近前，在朱連生的指點下，果真發現人皮上有許多細如蚊蚋的字跡，若不仔細看，還真發現不了。

這麼小的字，也不知道是用什麼筆寫上去的。字體有點像小篆，卻又不完全是，有很多字還帶著象形文字的寫法，無論是哪種字，都難不倒苗君儒。

他剛看了一會兒，朱連生在旁邊問道：「看出了什麼東西沒有？」

人皮上的那些字，講述的是一個發生在兩千年前的故事，苗君儒越看越心驚，也終於明白了那果王朝在歷史上消失的原因。

原來那些流傳在民間的傳說，幾乎都是真實的。

這張人皮的主人，就是那果王從西域帶回來的那個美女，為了討得這個女人的歡心，那果王不顧黎民的死活，橫徵暴斂，大興土木修建豪華宮殿，並不斷派兵遠征，搶奪回來無數珍寶和奴隸，甚至逼死了自己的王妃和王子。那個美女為了永遠保持美麗和青春，不惜殺掉數萬個人，用他們的血和童男童女，來煉不死還魂丹……

看到這裏，苗君儒明白那具冰寒青玉棺裏的，是那果王的王妃和王子。而他見過的那個千年屍胎，就是煉不死還魂丹後形成的。

十八路土王的軍隊在漢朝軍隊的幫助下，攻破了王宮，逼得他們退到這裏苟延殘喘。他們沿途殺掉了大批奴隸和修築陵墓的平民，為的是躲開十八路土王軍隊的追殺。他們在這裏修築了堅固的城牆和臨時的王宮，並要那些漢朝使者帶來的工匠設置各種機關暗道。一個偶然的機會，那果王發現美女不但驕橫逸樂，而且荒淫無道，居然撇開年老體邁的他，與漢朝的使者相通，而且買通隨從，找來一些精壯的男人供她淫樂。

那果王一氣之下，將那個漢朝的使者和身邊的隨從碎屍萬段，並將那個美女的皮剝了下來，以示警戒。到了這種地步，那果王終於醒悟到自己的糊塗，他聯絡忠於自己的人，想重整軍隊東山再起，無奈已經力不從心……十八路土王的軍隊也搜尋到了這裏，大祭司暗中投敵，將十八路土王的軍隊由密道引了進來……

後面的字跡，由於年代太久，已經模糊不清，無法辨認了。關於那果王的最終結局和那些珍寶的下落，也無法知道。

那果王與商朝的紂王，是多麼的相似？不同的是，那果王後來醒悟了，而紂王卻帶著心愛的女人燒死在鹿台上。如果當年妲己和別人相好而被紂王知道的話，紂王會不會殺掉妲己，最終醒悟過來呢？

歷史就是歷史，不可能有假設。

這個洞是極為隱秘的，也許十八路土王的軍隊攻破了外面的臨時王宮，卻沒有辦法進到裏面，一氣之下，就將所有抓到的人都殺了，堆在那座宮殿裏。從屍體內流出的血流到宮殿前的小湖泊中，形成了血海。

看到後面，苗君儒歎了一口氣，說道：「上下幾千年歷史，有多少英雄豪傑，都是壞在女人的手裏，那果王也算是一代梟雄，沒想到也落到這樣的結局。」

朱連生急道：「你倒是告訴我們，那果王將那些珍寶埋藏在什麼地方了？」

「這上面沒有說，」苗君儒說道：「只說了這個女人的事情！」

「那我們快點去找噴火鐵麒麟，」朱連生說道：「只要想辦法打開那兩扇鐵門，就行了。」

幾個人下了石台，突然發現來的方向有火光，而且有很多人走路的聲音。

方剛驚道：「難道他們也找到了通道，追上來了？」

他們看見幾個身材矮小的黑影，從他們出來的那個通道口竄了出來，也不管他們站在旁邊，身手敏捷地朝另一個方向奔過去。

苗君儒看到那些人個子矮小，膚色青灰，為首的一個年紀好像還不小，頷下留著一縷長長的山羊鬍。

「快跟上他們！」苗君儒說道。

第九章

噴火鐵麒麟

那兩隻麒麟一左一右地，呈半蹲狀，
像兩隻看家護院的狗，忠實地替主人看守著大門。
他看到那兩支麒麟的眼睛，紅紅的似乎還會反光。
「蒙拉依家族的那些女野人呢？」
苗君儒對都拉麻牯說道：
「她們可都是射箭的高手，只要她們進來，
把箭射入狗嘴裏，我想鐵麒麟就不會噴火了！」

其他三個人反應過來，跟著苗君儒朝那些人消失的方向追上去。

苗君儒的行動速度並不慢，他跑了一段路，見一個黑影消失在一個小洞口，那個洞口的石板正慢慢合上。他的身體往前一縱，已經衝入了洞內，同時聽到身後傳來槍聲。

方剛緊跟著苗君儒衝進洞裏，由於去勢太強，兩人撞在了一起。沒有想到那個洞是向下傾斜的，就這麼一撞，兩個人都站不穩，身體向下滾去。

也不知道滾了多少時候，苗君儒突然碰到一堆軟綿綿的東西，才停了下來，他以為又跌在一堆乾屍上了，用手一摸，摸到一隻手臂，感覺那手臂有溫度，而且很快將他甩開。

火把已經在翻滾的過程中熄滅了，工具包還在背上。他搖了搖昏脹的頭，從包中取出一支松明，點燃，見面前幾個小矮人迅速起身，逃到一邊去了。

方剛搖搖晃晃地站起身，用手去抓槍，不小心勾到扳機，「砰」的一聲，子彈射在對面的岩壁上，激起一串火花。

「他們兩個人怎麼沒有下來？」苗君儒問。

「不知道，」方剛說道，從地上撿起那兩個已經熄滅的火把，重新點燃。

火把一點燃，他們看著周圍的景象，嚇了一跳。

在他們的面前，至少站著二十個小矮人，每一個的手裏都拿著一支長矛。這些小矮人渾身赤裸，身上沒有什麼毛，但是頭上的毛髮很長。在火把的照射下，這些小矮人的眼睛像狼一樣，都是綠盈盈的。整個洞裏有一股很腥的味道。

苗君儒知道，這種生活在岩洞內的人，早已經習慣了黑暗。一見到火光，反倒十分害怕。令人欣慰的是，這些小矮人並沒有朝他們投擲長矛，而是很恐懼地望著方剛手中的槍。

這是一個約四五百個平方的大空間，兩邊洞壁上有許多凹進去的小洞，一個個像書架上的小格子。有幾個小洞內不斷爬出人來，還隱約從裏面傳出嬰孩的啼哭聲。

苗君儒看到洞壁下方的地上，有一堆堆像竹木簡一樣的東西，有小山那麼高。他往前走了兩步，「嗖」的一下，一支長矛擦身而過。

是那些人對他提出了警告，對那些人而言，如果要想刺中他的話，不費吹灰之力的。

苗君儒往包中摸了一下，想再摸出幾塊松明來，不料卻摸出了一個方盒子，他將方盒子從包中拿了出來，認出是裝著狗頭印璽的盒子。再一看這個工具包，竟是阿強背著的那個。原來那些人錯將阿強的背包給了他，黑暗中他也沒有細看，就背在身上了。

他將盒子夾在腋下，伸手繼續往包裏摸，不小心胳膊一鬆，那個盒子落在地上，盒蓋打開，露出了那塊狗頭印璽。

在松明火的照耀下，狗頭印璽泛出一層青色的光芒。那光芒越來越強，似乎周圍的景象都籠罩在青色的光芒之中。

整個石洞突然一陣震動，伴隨著「轟隆隆」的響聲，好像有什麼石頭從上面落下來。

那些小矮人全都扔掉了長矛，趴伏在地上，不住地磕著頭。

「想不到這東西可以制住他們，」方剛走過來，說道：「苗教授，他們在朝你磕頭呢！」

「是朝這個印璽磕頭，他們一定認得這個印璽，」苗君儒說道：「有了這個印璽，我們兩個人至少不會被他們用長矛殺死了，剛才我真的擔心他們會一齊把長矛扔過來，我們兩個人就死定了！」

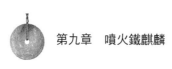

「我也捏了一把汗！」方剛朝滾下來的地方望了一眼，說道：「估計他們兩個人被那些人抓到了，要不要想辦法去救他們？」

「先弄清這些小矮人的身分，說不定他們可以幫上我們。」苗君儒說道：「他們生活在這裏，肯定和那果王朝有著莫大的關係。」

他走過去，用從曾祖父那裏學來的古代羌族語言問：「你們是什麼人？」

從那些小矮人群中，走出一個鬍子幾乎垂到地面的老人，那老人朝前緩慢地爬了幾步，跪在地上，用古代羌族語言回答道：「回大王，我們都是您忠實的奴隸。」

從那一聲「大王」的稱謂裏，苗君儒明白這塊狗頭印璽是代表那果王，終於明白為什麼曾祖父要他學習古代羌族語言的原因。

那老人說的話，苗君儒並不能夠完全聽懂，他根據自己能夠聽懂的詞彙，來揣摩整句話的意思，而他所說的話，那老人也是聽得一知半解。

欣慰的是，兩人勉強還可以交流。

從老人的話中，苗君儒明白了這些小矮人的來歷。原來是那果王身邊隨從的近親，當年本應一同被處死，是那果王的一個大臣求情，才饒了他們一命，那果王將這些人關在這裏，逼他們喝下大祭司詛咒過的符水，命他們不得出洞，必須殺死一千個進入迷宮的人才能贖罪，否則世世代代都將生活在黑暗中。到現在為止，也不知道過了多少世，算起來，殺死了八百四十七個人，還要再殺死一百五十三個，就可以解開大祭司的詛咒了。洞壁上的那些洞，原來是放東西的，後來成了他們住的地方。

那果王後來並不相信任何人，動不動就殺人，他只鍾愛他養的兩條狗，認為狗對人是最忠誠的。

苗君儒終於明白，為什麼印璽上雕刻的是狗頭的原因了，他蓋上狗頭印璽的盒蓋，青色的光芒立刻消失了。他把盒子放入背包，走到一堆竹木簡前，隨便翻了翻，竹木簡上面的繩子都已經腐爛，他抽出幾支，見上面刻的字體是古代羌族的文字，是關於那果王朝的。

他望著小山一樣的竹木簡，終於明白那果王朝為什麼沒有留下任何相關資料的原因。原來所有的資料都放到這裏了。

那些人生活在這裏，平時都吃什麼呢？

在竹木簡旁邊的一個小洞裏，苗君儒看到一小堆已經腐爛的魚，這些魚是從哪裏來的呢？

他指著那些魚問，那個老人打著手勢告訴他，下面有一條河，河裏有很多魚，這些魚是他們平時打上來的，放在那裏。

原來這下面還有一條地下河。

「苗教授，我們怎麼上去呢？」方剛問道。

苗君儒拿了一些竹木簡放到包裏，要那老人帶他們去有兩隻麒麟的地方。在老人的呼叫下，兩個小矮人站了出來，領著他們朝另一個通道鑽了進去。

有這些小矮人在前面領路，倒是不懼機關，在通道內走了一段路，推開一塊石板爬了出去，來到一處很大的溶洞裏。

那兩個小矮人朝前面指了指，順著原路退了回去。

苗君儒看到前面有火光，正要問，只聽一聲槍響，子彈射在他旁邊的洞壁上。

蘇成叫道：「苗教授，我們又見面了，你的兩個朋友在我們的手上！」

苗君儒問：「你想怎麼樣？」

蘇成叫道：「不想怎麼樣，我們只想和你一起，想辦法對付那兩隻噴火的鐵麒麟。過來吧！」

從苗君儒站立的地方到蘇成他們那裏，有好一兩百米。中間有一條寬大的石板路，但是石板路上卻有許多大大小小的岩石。

在那些岩石的下面，有很多殘缺的屍體和骸骨，屍體都是蘇成他們的人，進來後踩中了機關，被上面掉下來的岩石砸死。而那些骸骨，則是以前進來的人留下的。

「我們踩在岩石上過去，」苗君儒說道。他選擇大一點的岩石，踩在上面走過去，有的岩石不穩，踩在上面搖搖晃晃的，他張開雙臂，儘量讓身體保持平衡。

走到一半的時候，聽到身後傳來「哎呀」一聲，回頭望去，見方剛的身體從一塊岩石掉下來，所碰到的那塊石板突然從中間裂開，方剛的身影一閃而沒。石板恢復了原樣，彷彿什麼事情都沒有發生過。

那些都是陷阱，當年馬大元就踩中了這樣的陷阱，幸虧曾祖父相救，才逃得一命。

苗君儒望著那塊石板，心中感慨不已，一個從血與火的戰場上滾爬過來的軍

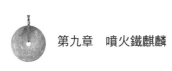

人，要死也應該死在戰場上，可就這樣無聲無息的死在這裏，不得不令人惋惜。

踩著那些大岩石，苗君儒來到蘇成的面前，他背上的包被人搶了過去。

「他媽的，錯把這個包給了你，這裏面可裝著一塊無價之寶！」都拉麻牯說道，他把那盒子拿出來，正要塞到自己的包裏，冷不防有一支槍頂在他的頭上。

「萬璃靈玉歸了你，這塊狗頭玉璽應該歸我！」都拉麻牯叫道：「這麼多年來，你從我這裏拿去的寶貝還少嗎？」

那蒙面人並不說話，只打了一個手勢，一個軍人上前，從都拉麻牯手上搶過那個狗頭印璽。

都拉麻牯很生氣：「沒有我，你能夠找到這裏嗎？」

「砰」，那蒙面人的一個手下，朝都拉麻牯的腳邊開了一槍，以示警告。

都拉麻牯頓時軟了下來，「我知道你勢大，好，我不跟你爭！」

苗君儒對這種內訌可不感興趣，他走到前面，見腳邊是一條寬約五六丈深不見底的溝壑，在火把光線的映射下，隱約可見對面有兩個很大的黑乎乎的東西，估計就是噴火鐵麒麟了。

他們從外面進來，身上並沒有帶可攀爬的工具。眼前這條溝壑，如同天塹一樣令人無法逾越。

「得想辦法過去呀！」苗君儒說道。

蘇成說道：「在你沒有來的時候，我們架了兩道飛索，可都被那兩頭麒麟噴出來的火燒掉了！」

「再架一次給我看看！」苗君儒說道。

一個人走過來，站在溝沿，用繩子打了一個圈，飛擲過去套在其中一頭麒麟的身上，這時，見那麒麟的口一張，噴出了一團火，繩子遇到火，立刻燒著，沒兩下就燒斷了。

剛才麒麟噴火的時候，苗君儒看清那兩隻麒麟的樣子，與漢朝時期建築雕刻中的麒麟一般無二。對面那邊的岩壁都是光溜溜的，唯一可以套繩的就是那兩隻鐵麒麟。

在他們之前，不知道有多少人走到了這裏，可最終面對這條天塹和那兩隻噴火鐵麒麟，無功而返。

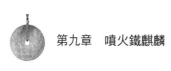

難道飛索是唯一過這條天塹的方法嗎？

苗君儒返身看身邊的岩壁，想找出什麼機關的所在，在一塊凹進去的岩壁上，發現了一個現代人留下的煙蒂。

剛才他過來的時候，這裏並沒有人抽煙，這個煙蒂的顏色發黃，並不是剛才抽的，那是什麼人留下的呢？

他回頭望著都拉麻牯，說道：「你應該不是第一次來這裏！」

都拉麻牯說道：「你這是什麼意思？」

苗君儒拿著那個煙蒂：「這個煙蒂不是現在抽的，最起碼應該在五年前，能夠抽這種煙而又能夠進到這裏面的人，除了你之外，我想應該沒有第二個人了。」

「你說什麼，五年前有人到了這裏面？」都拉麻牯上前，看著苗君儒手裏的煙蒂。片刻後，他好像想起了什麼，叫道：「老傢伙騙了我！」

都拉麻牯所說的老傢伙就是那個老土司。

苗君儒說道：「你的意思是，留下這個煙蒂的人是老土司？」

都拉麻牯說道：「老傢伙以前每隔一段時間就要出去一趟，回來的時候總會帶回來很多好東西，還叫我幫他拿出去賣！」

苗君儒說道：「而你一般都把東西賣給那位蒙著臉的先生，對吧？」

都拉麻牯望了那蒙面人一眼，沒有否認苗君儒說的話，他走到溝壑邊，看著對面，說道：「老傢伙是怎麼過去的呢？」

苗君儒對蘇成說道：「把我的工具包給我！」

有人認真地檢查了一下他的工具包，遞給他。他拿出望遠鏡，吩咐身邊的人多點幾支火把，並把火把丟到對面。

火把丟到對面後，落到地上，但火光搖擺不定，對面的情形還是看得不真切。

在望遠鏡中，苗君儒看到那兩隻麒麟的身後，是兩扇大石門，石門的上方有一顆巨大的狗頭，旁邊還有一些形狀奇特的圖案。那果王對人失去信任後，將信任都轉移到了狗的身上。

石門下面的地上，有一些長短不一的小棍子。那兩隻麒麟一左一右地，呈半蹲狀，像兩隻看家護院的狗，忠實地替主人看守著大門。他看到那兩支麒麟的眼睛，紅紅的似乎還會反光。

在古代的雕像中，用藍寶石或者紅寶石來鑲嵌，作為雕像的眼睛，是很普通的。寶石也具有一定的反光作用，不足為奇。

只要想辦法使那兩隻麒麟不噴火，才能夠過去。

石門上方那顆巨大狗頭的嘴微微張開，形成一個小洞，耳朵是和岩壁連在一起，並沒有可供繩子套住的地方。

苗君儒放下望遠鏡，問都拉麻牯：「你跟在老土司身邊那麼久，應該知道他最擅長做什麼吧？」

「射箭！」都拉麻牯說道：「他能夠把站在木棉樹上的麻雀給射下來！」

苗君儒接著問：「老土司家的祖上，是不是每一個都是射箭的高手？」

「是的，你怎麼知道？」都拉麻牯問。

「你和你祖上幾代人，都沒有發現蒙拉依家族的那個秘密，」苗君儒笑道：「我想你祖上也曾經到過這裏，就是沒有辦法過去！」

「你發現了什麼秘密？」朱連生問。之前他和陳先生正要跟著方剛衝進那個洞，不料洞口已經合上了，兩人隨後被蘇成的人抓到，押著走。

「狗嘴！」苗君儒說道：「秘密就在石門上面的狗嘴裏。這只是我的猜測，不一定正確，不過你們可以試一下。」

朱連生朝那邊看了一下，那邊的光線太暗，他看不清那顆狗頭。

「蒙拉依家族的那些女野人呢？」苗君儒對都拉麻牯說道：「她們可都是射箭的高手，只要她們進來，把箭射入狗嘴裏，我想鐵麒麟就不會噴火了！」

都拉麻牯道：「她們不敢進來，她們害怕大祭司的詛咒。要想射箭到狗嘴裏並不難，我手下的這些人，很多都是射箭的高手。」

他一招手，立刻有幾個人上前，又朝那邊扔了幾個火把，一齊張弓搭箭，對準狗嘴射去。一陣弓弦響聲過後，對面傳來箭桿落地的聲音。

都拉麻牯手下的人接連換了好幾撥，箭射出了不少，就是沒有人把箭射入狗嘴中。

苗君儒看到有好幾支箭奔著狗嘴而去，不知為什麼快進入狗嘴時，卻突然改變了方向，射到岩壁上去了。他拿過一支箭桿，見箭桿的頭上有鐵製的箭頭，他將鐵製的箭頭取下，對那人道：「你再射，看準點！」

那人一箭射去，正中狗嘴。

大家聽到一陣「吱吱嘎嘎」的聲音，麒麟身後的大石門向兩邊移開，露出一個大洞來。

大洞開啟後，突然從洞內射出一陣羽箭。站在溝壑旁邊的弓箭手躲閃不及，被箭射中後，慘叫著跌下深溝。那淒厲的聲音在深溝下面迴響著，聽得人頭皮發麻。

另一個人走上前，用手中的繩索準確地套在麒麟頭上，這一次，麒麟並沒有噴火。有幾個人迅速架好了繩索，並從上面爬過去。

蘇成指著陳先生和朱連生，對那蒙面人說道：「這兩個人對我們已經沒有用了，留著他們做什麼？」

那蒙面人搖了搖頭，做了一個手勢，兩個軍人上前，抓起蘇成，丟入了溝壑。

「不要把我丟下去！」陳先生叫道：「你們就當是把我綁架了，向我父親和叔叔要贖金，兩百萬怎麼樣？是美金，不行的話就三百萬……」

在那蒙面人轉身之時，苗君儒猛地看到那人脖子後面的一個胎記，他想到了一個人，難怪他覺得那人的眼神那麼熟悉。

他對那蒙面人說道：「其實我應該早就想到是你，只是我不願意面對那樣的現實，對吧，我的老同學？」

那蒙面人愣了一下，拿下蒙在臉上的黑布，露出一張和程雪天相似的面孔來，只是這張面孔，要蒼老得多，他就是程雪天的父親程鵬。

「我以為程雪天是假的，沒有想到他真的是你的兒子，」苗君儒說道：「你為了你的私欲，連你的兒子都要出賣。」

「你錯了，」程鵬大聲道：「就是為了當年我對小清的承諾，難道她沒有告訴你嗎？」

「你對她承諾了什麼？」苗君儒問。

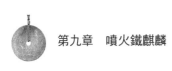

「我一定比你先找到那果王的陵墓，」程鵬說道：「小天帶在身上的那封信，你還記得吧？在收到你那封信的那個晚上，我和她吵了一架，我發誓，一定要在你的前面找到那果王的陵墓。你知道我在美國是做什麼的嗎？是古董，來自東方古老國家的文物，最受西方富豪們的青睞。」

他指著身邊的軍人說道：「他們都是我花大價錢雇傭來的，每個人都是一流的好手。在我沒有命令他們殺你之前，我要你好好的活著，看著我怎樣進去。」

「我明白了，」苗君儒說道：「都拉麻牯在幫老土司賣東西的時候，通過古德仁認識了你，當萬璃靈玉出現，你們認為尋找那果王陵墓的時機已經成熟，由於尋找陵墓的道路危機重重，於是你和古德仁商量利用萬璃靈玉來引陳先生入局，為了掌握陳先生的行程蹤跡，你安排了兩個人，就是古德仁出主意要陳先生『請』來的這兩個人。你的人跟在我們的後面，不斷消耗我們的實力，那樣的話，既保證了我們為你們探路，到最後又無法和你們爭奪珍寶，只是你沒有想到的是，你的兒子會被人察覺而殺掉。」

他接著對都拉麻牯說道：「我以為老土司告訴了你很多秘密，誰知道老土司還保留了不少，也許他早就察覺了你的不忠，和那果王一樣，他寧可相信狗也不相信人，你不是說那些女野人不會進來嗎？可是你回頭去看！」

一陣弓弦響聲，無數紅色的羽箭從天而降。在他們來的路上，出現許多拿著火把的身影，正是那些蒙拉依家族的女野人。

苗君儒剛才對程鵬說話的時候，看到那邊有火光閃爍，知道又有人進來了。他幾步衝上前，抓著繩索爬了過去。朱連生尾隨著他爬上繩索，不料被一支羽箭射中背部，慘叫著掉了下去。

「快點開槍！」程鵬叫著，低頭往前面衝，來到那根繩索面前，抓著繩索爬了過去。

洞內槍聲大作，那些女野人紛紛中槍倒地。這可不是在高高的懸崖頂上，佔據絕對優勢，而是面對面的對決。

在現代火器面前，古代冷兵器的殺傷力大為減弱。但是外面不斷有女野人進來，張弓便射。

地上躺下了不少人的屍體，無論中箭的部位在什麼地方，都是死！

剩下來的人提著槍不斷射擊，旁邊根本沒有可以藏身的地方，他們躲在屍體的後面，一邊射擊一邊拖著屍體往後退，想辦法從繩索上爬過去，很多人都是在退到繩索邊上，轉身攀上繩索的時候被射中的。

不斷有人慘叫著掉下深溝。

都拉麻牯在兩個人的掩護下爬過了繩索，對程鵬說道：「快進去！」

苗君儒望著對面，見那邊的人已經死得差不多了，有幾個躲在屍體的後面，還在射擊。陳先生伏在幾具屍體的中間，也不知道是死是活。

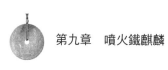

程鵬對身邊的兩個人說道：「你們守在這裏，不要讓那些女人衝過來。」

那兩個人迅速躲到兩個鐵麒麟的後面。有鐵麒麟的掩護，倒是不懼那些女野人的弓箭。

程鵬望著苗君儒，說道：「進去吧，苗大教授，這麼多年來，你一直在尋找那果王朝，今天終於可以如願以償了！」

苗君儒轉回身，說道：「螳螂捕蟬，黃雀在後，黃雀眼中只有螳螂，卻不知已經有人持彈弓在手！」

「你認為我是螳螂還是黃雀？」程鵬問。

「你認為是什麼，就是什麼，」苗君儒說道：「我現在想知道，古老闆是活著還是死了？」

程鵬笑道：「他是個精明的生意人，生意人只知道做生意，是絕不會把命搭上去的。所以他也只是做一點小生意，而我的生意卻遍佈歐洲和美洲。」

苗君儒並不知道古德仁已經回到了重慶，負責調查失蹤案件的偵察隊長張曉泉找到了古德仁，想問一些關於苗君儒的事情，古德仁的回答很簡單：他去廣東那邊幫人看貨了，對於苗君儒的事情，他一無所知！

苗君儒用手摸了一下旁邊的麒麟，確實是金屬製作的。至於是不是鐵的，還有待鑒定。前面已經有兩三個人手持火把進了石門，但是沒有再往前走。其中的一個人在牆壁上不知道摸著什麼。

突然，又是一陣羽箭的破空聲，那三個人被羽箭射得像刺蝟，死在當場。

走在程鵬前面的一個軍人說道：「老闆，前面還有一扇門！」

苗君儒走過去，他站在狗頭雕像的下面，離死去的三個人還有一段路，見那三具屍體的前面，還有一扇石門。

第十章

地下王陵之謎

老土司正要將萬璃靈玉放到洞裏時，
一聲槍響，老土司的胸口中彈，
鮮血濺到青玉屏風上。
老土司的身體倒在屏風前，
苗君儒以為那血濺到屏風上後，會往下流，
哪知道竟會滲入屏風中，瞬間就不見了。

苗君儒從地上撿了一支火把，他站在那裏，望著前面的石門，從他的腳邊開始，一直到裏面那扇石門，都是沙土的地面，並不像其他地方一樣，是鋪著石板的。

「這裏面還有機關，」程鵬說道：「你先進去，能不能破解機關，就看你的了！」

剛才那三個人進去的時候，並沒有觸動機關，是在洞壁上摸索之後，才觸動的。

苗君儒一步步走了過去，來到那三具屍體的面前，見左右兩邊的洞壁上，有幾處凹進去的地方，那裏面有一個像按鈕一樣的東西。剛才就是有一個人以為那是開啟洞門的按鈕，才去觸動，誰知道引發了機關，白白送了性命。

苗君儒蹲了下來，看著地面的痕跡。如果是石板地面，很難看出走動的痕跡，但是沙土的地面，就容易看得多了。

一直以來，那些尋找那果王陵墓的人，最多只到了溝壑的邊上，而無法過來。兩千年來，就只有蒙拉依家族的傳人，進入這道石門。

他仔細看著地上的腳印，除了他之外，還有三個人的新鮮腳印。很多重疊的腳印已經模糊了，無法辨認。

再難辨認的腳印，也難不倒苗君儒。他看著那些痕跡陳舊的腳印，從狗頭下的石門進來後，一直往前，並未往邊上走。

他輕輕掀開那三具屍體，見被屍體蓋住的地方，也有一些痕跡陳舊的腳印。他站在那些腳印上，發覺正處在道路的中間，面對著石門，伸出手，卻搆不著旁邊牆壁上的按鈕。難道蒙拉依家族的傳人不用去開啟洞門嗎？那些牆壁上的按鈕，哪一個才是真的呢？

他站起身，望著面前的石門，見石門上下六米多高，左右五米多寬，平整光滑，是由一整塊大石頭雕刻而成。石門上下左右的洞壁上，除了那幾個凹洞外，沒有別的雕像或者類似機關狀的東西。

這扇門，到底是怎麼開啟的呢？

程鵬叫道：「找到開啟洞門的地方沒有，要不我就用炸藥炸開。」

「別急，再給我幾分鐘，」苗君儒說道。這麼大石門，也不知道有多厚，用炸藥也不一定炸得開。

他蹲了下來，仔細看石門前面的沙土地，終於，他看到了石門正中前面的沙土地上，依稀有幾個手指的指印。

他用手往兩邊扒開那裏的沙土，露出下面一塊石板。石板約一尺見方，將上面的沙土扒乾淨後，掀開石板，赫然見到石板下面有一個大鐵環。

他拉著大鐵環用力往上一提，耳邊頓時聽到一陣「轟隆隆」的巨響，頭頂上不斷有沙土往下落。面前的大石門緩緩向後邊開啟。他害怕裏面又會射出什麼暗器，忙將身體伏在那三具屍體的後面。

「咯噔」一聲，石門開啟到位，停在那裏不動了。

苗君儒從屍體後面探出頭來，石門開啟後，並沒有羽箭或長矛從裏面射出來。他從地上撿起一支火把，丟了進去。火把落到地上，看到一條筆直的通道。

「不虧是一流的考古學家，連破解密道機關的技術也是一流的，」程鵬走了過來，「要是沒有你，我還真進不了這扇門！」

苗君儒說道：「你認為石門的後面就是那果王的陵墓嗎？」

「進去不就知道了嗎？」程鵬說道。他跟著一個手下的人，上前幾步，走入石門內，回頭說道：「我說過要比你先進陵墓的。如果裏面不是陵墓的話，以後每打開一扇門，你都必須讓我的人先進去，否則別怪我手狠。」

「你一向都心狠手辣！」苗君儒說道：「我不會和你爭的，就好像對小清一樣，她選擇了你，我毫無怨言。」

「可是她心裏只有你，我得到了她的人，卻永遠得不到她的心，」程鵬大聲說道：「我很不服氣！所以我發誓一定要超過你！」

苗君儒低聲說道：「你錯了，就算你超過我又怎樣？你能夠得到她的心嗎？」

「我不管，我得不到的，你也別想得到，」程鵬說道：「還記得她當年說過的誓言嗎，如果你找到了那果王朝，她就自殺！」

程鵬說完，哈哈大笑。

「原來你的目的是在這裏，所以你安排了一切，引那麼多人進來，為你尋找那果王的陵墓，」苗君儒歎了一口氣，說道：「我們兩個人這麼做，是在逼她死；好，我承認我輸了，我這就回去……」

「你認為你現在還有抽身回去的機會嗎？」程鵬笑道：「從你見到萬璃靈玉的那一刻開始，你就已經沒有退路了。」

都拉麻牯走到苗君儒的面前，推了他一下，說道：「沒想到你跟程老闆之間，還有這麼多的私人恩怨。」

都拉麻牯手下的人押著苗君儒，進了這扇石門。石門的後面，左右各有一個兩米多高的古代羌族騎士的石像，胯下的戰馬姿態雄健，前蹄揚起，彷彿馳騁在古代的戰場上。馬上的騎士身披獸皮，露著右邊大半個肌肉遒勁的肩膀，一手扯著韁繩，一手持矛，雙目直盯著前方。

進石門後，有幾級往下的台階。每一級台階的兩邊，都有兩個騎馬的騎士石像，大小一樣，只是身上的服飾和手中所持的兵器不同。在他們的正前方，隱約有兩點火光。

台階與台階之間，有一條小凹槽，凹槽裏面流淌著一些黑色的液體。

走在最前面的一個人，不小心摔倒在地，手中的火把掉在旁邊，點燃了凹槽裏面的黑色液體。隨即，一條火龍迅速向前蔓延。

借著火光，大家的視野頓時開闊起來，看清了裏面的情形。

他們全都驚呆了。

下了台階後，有一座小橋，橋下有水，還在不斷流動。往前便是一條筆直的石板通道，通道大約有兩三百米，在通道的兩旁，擺放著各種各樣的東西，層層疊疊，大到武士和飛禽走獸的雕像，小到盤子和碗碟，所有的物品在火光的映射下，都泛著金黃色的光澤。許多物品的上面，都鑲嵌著珠寶。各種顏色的寶石，像天上的星星，閃爍著令人暈厥的光彩。

通道的盡頭是一座石台，石台上放著一張鑲有各色大顆寶石的黃金座椅，椅子上有一個身披黃金鎧甲的人，整個人早已經變成了白骨。椅子的後面有一個長四米多，高兩米多的青玉屏風，整扇屏風似乎和後面的岩壁連成一體。屏風正面刻著幾幅圖案，都是古代戰爭場面的，為首的人騎著高頭大馬，一副傲視天下的雄姿，身邊跟著許多隨從。除了那果王，還能有誰呢？

屏風的上首雕刻著一個用雙手舉著太陽的人，那人穿著獸皮製成的衣服，渾身肌肉遒勁有力。奇怪的是那個人的肚臍上，有一個不規則的洞，不知道是故意雕刻的還是別的原因導致的。

椅子的前面有一張黃金案台，高約一米多。兩邊各有一根燈柱，燈柱上的燈還亮著，他們剛才看到的亮光，正是這兩根燈柱上的燈火。

程鵬向前走了幾步，隨手拿起一個像燈盞一樣的東西，這東西拿在手裏非常沉，顯然是純金打造，底座和把手上面鑲嵌著大大小小十幾顆寶石，每顆寶石都價值不菲。

「這就是那果王的寶藏，」程鵬大笑著，扔掉手裏的東西，對苗君儒說道，「苗君儒，如果沒有你，我進不來這裏，這裏面的東西，隨便拿一樣出去，就可以讓你建一座屬於你自己的大學，名字我都幫你想好了，就叫苗君儒考古研究大學。怎麼樣？」

苗君儒站在台階上，沒有走下去。他望著那些人用帶來的袋子，瘋狂地往裏面裝東西。在他身後的洞壁上，有一行紅色的文字：太陽神會懲罰每一個貪婪的人。

古代羌族人最崇拜太陽，認為太陽是世間萬物的主宰，尊太陽為最大的天神。

他抬頭望著三四十米高洞頂，見洞頂呈半圓形，而洞底卻是方方正正的。天圓地方，這是漢朝之前王陵的建築風格。洞頂繪著彩色的圖案，還有許多閃光的亮點。他的心一動，忙拿出望遠鏡望去，見到一幅巨大無比的古代星象圖。一顆顆寶石鑲嵌在洞頂，像夜空中的星星。北斗七星、三垣星、二十八宿諸星，按各自的位置排列……

冢地，他想到了史書記載中的秦始皇陵墓，司馬遷的《史記》：「……始皇初繼位，穿治酈山，及並天下，天下徒送詣七十萬人，穿三泉，下銅而致槨，宮觀百官奇器珍怪徙臧滿之。令匠作機弩矢，有所穿近者，輒射之。以水銀為百川江河大海，機相灌輸，上具天文，下具地理。以人魚膏為燭，度不滅者久之。……」

他望著下面的地形，也有山川河流的模式，在很大程度上，這裏與史料中記載的秦始皇陵墓，有極為相似的地方。一樣上具天文，下具地理。那兩盞還在發光的燈柱，何曾不是度不滅者久之？這裏面的珍奇寶異，只怕連秦始皇也沒有這麼多。

當年秦始皇動用了那麼多人，修築驪山陵墓，其工程之巨大，曠古絕今。其殘暴的統治，使大秦王朝在那麼短的時間內滅亡。那果王又何曾不是這樣呢？

他走下台階，剛往前走幾步，突然聽到身後傳來「轟隆隆」的巨響，回頭一看，見那扇打開的石門，已經緩緩閉上了。

程鵬飛大吃一驚，跑過來衝上台階，拍著石門大叫道：「怎麼回事？」

「石門的開啟一定受時間的控制，時間一到，石門會自動閉上，」苗君儒說道：「除非外面的人再一次把門打開。」

「還好我在外面留了兩個人，」程鵬鬆了一口氣，說道：「希望他們能夠把門打開。」

他吩咐那些人繼續裝東西，揀寶貴值錢而體積又小的東西，那樣就能夠多帶點出去。

苗君儒沿著通道，來到石台前，見石台下有一些痕跡。他看了一下，好像有人跪在這裏，朝上面磕頭。跪在這裏磕頭的，也許是蒙拉依家族的後人。那麼，黃金座椅上的那具骸骨，應該就是那果王了。

走上石台，站在黃金案台前。案台上積了厚厚的灰塵，上面放了一些東西，其中有一疊像書籍一樣疊在一起的紙張。

他從工具包中拿出小毛刷，輕輕刷去上面的灰塵，掀開第一頁，見上面的字跡已經十分模糊，字體歪歪曲曲，有點類似梵文，他仔細看了一下，隱約可辨出是一種早已經失傳的文字。

他二十年前在新疆考古的時候，見過這種文字，是佉盧文，在那裏，他幾度生死，還差點成了維吾爾族女匪首阿依古麗的丈夫。

使用佉盧文字的國家有好幾個，西元前一世紀至西元五世紀之間，西域大宛國出現了一個強大的政權，稱「貴霜王朝」，其勢力遍及疏勒、于闐、龜茲、樓蘭等國，佉盧文原先是貴霜王朝使用的文字，後來也隨著貴霜王朝的勢力發展，成了其他幾個國家的文字。後來隨著歷史的變遷，佉盧文在西元六到七世紀就失傳了，並沒有保存下來。

苗君儒又翻開幾頁，看了一下，這是一封于闐國寫給那果王的國書，內容是帶有譴責語氣的，說那果王的軍隊在征服西域諸國時，面對諸國的求和，並沒有放棄武力征服，那果王的軍隊從諸國帶走了大批的奴隸和金銀財寶，而且殘殺大批貴族。國書的最後，拒絕了那果王的求助。

原來那果王被十八路土王的軍隊打敗後，曾經向被他征服過的藩屬國請求支援，想東山再起。可由於他的無道，致使藩屬國不再臣服於他。

他往下翻了翻，見到兩張用隸書書寫的紙，題頭竟然是寫給那果王的，要求那果王派兵進攻大漢，下面的落款是霍禹，年份是地節三年（西元前六七年），也就是霍光死的第二年，蓋的是大漢右將軍的印鑒。

霍光把持朝政多年，有沒有不臣之心，歷史沒有定論。但是在他死後，漢宣帝封他的兒子霍禹為右將軍，繼承父爵為博陵侯，也加封了他的兩個侄孫為侯，同時卻大大剝奪了霍氏一門的權力。

也許霍禹感到情況不妙，想內外勾結，奪取西漢政權。憑他在那果王朝做使者多年，以及與那果王的關係，那果王定會出兵，誰料想這封信到那果王手上的時候，那果王已經今非昔比，更何況，他派來的使者與那個美女勾搭上了。那果王殺了使者，也沒有辦法出兵，就這麼困死在了這裏。

苗君儒從身上撕下一塊布，小心地將那疊紙張收好，放到工具包內。對他而言，這些文獻資料，要比那些珍寶黃金要寶貴得多。

案台上還有其他一些東西，都是黃金玉石製品。苗君儒剛要去拿一塊圓圓的白玉飾品，不料旁邊伸過一隻手來，早將那東西搶到手裏。

原來是程鵬，他將那塊玉拿在手裏，看了一下，讚賞道：「晶瑩剔透，做工精巧，這是上等的古羊脂玉！這個東西是西域宮廷內的玩物，我以前見過，在歐洲拍賣市場上，至少可以拍賣到一千五百萬美金。」

他繞過案台，從黃金座椅下拿出一樣東西。是一把彎刀，半月形的刀鞘上，包裹著一層黃金外殼，上面鑲嵌著各種顏色的寶石。他抽出刀，眼前頓時閃過一道藍光。刀頭也是半月形的，並未有生銹的跡象，中間有一條血槽，通體泛著一層湛藍色的寒光。刀柄上裹著金絲帶，兩邊的含口處各有一顆大如雀卵的藍色寶石，藍色寶石的周圍，呈北斗七星狀，鑲嵌著七顆紅寶石。刀柄的末端是一顆白色的大鑽石，如雞蛋般大小。

「好一把寶刀，也不知道喝過多少人的血，」程鵬說道：「要是讓這把刀跟著它的主人永遠留在這裏，豈不是太浪費了？」

他還刀入鞘，將刀放在案台上，對坐在黃金座椅上的骸骨，說道：「想不到威風一時的那果王，到了晚年只能窩在這個山洞裏，空有那麼多金銀珠寶，有什麼用？」

他拿開骷髏頭上的黃金頭盔，把那具骸骨從座椅上推到地下，骸骨落到地上後，立刻變成一堆散碎的灰燼。

他戴上黃金頭盔，穿上黃金鎧甲，手持寶刀，坐在黃金座椅上。問苗君儒：「我這樣打扮，是不是和當年的那果王一樣？」

苗君儒望著程鵬背後玉石屏風上的那個洞，他怎麼都猜不透，這個洞是什麼原因造成的。他正要走過去，聽到一陣「轟隆隆」的聲音，回頭一看，見石門向旁邊移開。有一個人舉著火把走了進來。

進來的人並不是程鵬手下的人，而是一個身體佝僂，穿著羌族服飾的老人。是老土司！

都拉麻牯吃驚不小，叫道：「你……你怎麼來了？」

「這地方，本來就是只有我們蒙拉依家族的後人，才能夠進來，」老土司說道。

他們兩個說的是一種獨特的民族語言，與古代羌族的語言極為相似，這種語言已經很少人說了。其他人聽得不太懂，苗君儒由於向曾祖父學過古代羌語，可以聽得懂一些，大致可以揣摩得出他們所說的意思。

老土司走下台階，對都拉麻牯說道：「七十多年前，你父親勾結外人，想進入王陵，結果失敗了，想不到你也學你父親，勾結外人。難道你們都拉家族在我家族這裏得到的東西，還少嗎？」

都拉麻牯說道：「那果王的財富，為什麼只有你們蒙拉依家族獨享？我都拉家族世代為土王，可財富不及你們蒙拉依家族的千分之一，這不公平！」

「這個世界上，沒有絕對公平的事情，」老土司說道：「我蒙拉依家族的祖上，曾經犯下錯，帶著十八路土王的軍隊攻入內城，他以為十八路土王只要徹底打敗那果王，就會甘休，誰知道人心不足蛇吞象，十八路土王攻進內城後，為了得到那些珍寶，開始自相殘殺。蒙拉依家族的祖上這才明白過來，原來那些珍寶才是禍根所在。於是他開啟了洞內的機關，不讓任何人進入，並立下誓言，蒙拉依家族的子孫世代保守著王陵的秘密。在我之前，蒙拉依家族的後人每隔十年進來朝拜一次，不會動裏面的任何東西。可是由於我不善經營，祖上的家產越來越薄，不得以，才求那果王賜給我一點東西，拿出去變賣，來貼補家用。自從我兒子死後，我就想把所有的秘密帶入地下。我知道遲早有人會進入王陵，只是沒有想到來得這麼快。」

老土司望著那些往袋子裏裝東西的人，說道：「你們沒有得到那果王的允許，一樣東西也帶不出去。」

老土司慢慢走上前，看著程鵬，用手指著詛咒道：「你膽敢這樣褻瀆王上，天神不會放過你的。」

說完，老土司雙手向天，仰著頭，說了一大段誰都聽不懂的語言。

「他說什麼？」程鵬問苗君儒。

「你犯了這裏的大忌，」苗君儒說道：「他在詛咒你！」

程鵬的臉色一變，忙脫下盔甲，堆在黃金座椅上。對於古代的巫術，他還是有些忌憚的。

老土司一步步向前走過來，面上的表情越來越憤怒，用手指著程鵬，口中不斷發出詛咒，聲音越來越大。

程鵬驚慌了，嚇得直往後退，雙手朝身上亂摸，掏出了那塊萬璃靈玉，朝老土司丟了過去。萬璃靈玉在空中劃了一個圓弧，落在老土司旁邊一個黃金雕像的手裏。那個雕像的雙手五指分別叉開，正好接住那塊萬璃靈玉。

老土司停止了詛咒，拿起那塊萬璃靈玉，緊緊抓在手裏。腳步突然加快，向前衝去。

都拉麻牯突然醒悟過來，大聲叫道：「不要讓他把玉石放到屏風的洞裏去，那是蒙拉依家族大祭司的詛咒，當靈玉回歸的時候，就是天神降罪之時。攔住他，快點攔住他！」

苗君儒望著那老土司衝上了台階，繞過了案台。原來屏風上面的那個洞，是放萬璃靈玉的地方。

就在那老土司正要將萬璃靈玉放到那個洞裏的時候，一聲槍響，老土司的胸口中彈，鮮血濺到青玉屏風上。

老土司的身體倒在屏風前，苗君儒以為那血濺到屏風上後，會往下流，哪知道竟會滲入屏風中，瞬間就不見了。

程鵬的手上拿著一把手槍，笑道：「還好我的速度夠快！」

他走上前，去拿老土司手中的萬璃靈玉。卻突然見到老土司不知道拿了什麼東西塞到嘴裏，猛嚼幾下嚥了下去，接著慢慢從地上爬了起來，只是動作非常僵硬。

程鵬嚇了一大跳，朝老土司連開幾槍，槍槍都打中要害。老土司的身體搖晃了幾下，並不倒下，中槍的地方流出來的血，變成了綠色的液體。

都拉麻牯叫道：「他吃了屍降還魂草，變成一具殭屍了！快用火燒他，快燒！」

程鵬拿著火把去燒，點燃了老土司身上的衣服，火苗迅速蔓延，沒兩分鐘，老土司就變成了一個火人。

他往前走了兩步，拿著萬璃靈玉的手往屏風上一按，那塊萬璃靈玉穩穩當當地嵌入了屏風之中。

老土司轉身，從喉嚨中發出一聲怪獸般的慘號，身體向前撲倒在地。

程鵬跳上前，想要將那塊萬璃靈玉從屏風中摳出來，他的手還沒有觸到屏風，卻見從萬璃靈玉上閃出一道炫目的藍色光芒。他下意識地閉上眼睛，往後退了幾步。

那道藍光形成一道道的光環，不住的向外擴散。

在藍光的照射下，青玉屏風不斷冒出白色的霧氣，霧氣慢慢向周圍擴散，且越來越濃，漸漸地籠罩住了整個洞內的空間，那些雲霧圍繞著每個人的身體，緩緩流淌著，讓人產生一種飄飄欲仙之感。

青玉屏風上面的那個太陽，漸漸地變成了白色，像太陽一樣，開始放射出閃爍不定的五彩毫光，耀得眾人眼花繚亂，神態逐漸迷離起來。

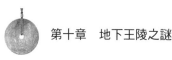

所有的人都站在那裏，呆呆地望著眼前的幻象，臉上盡是一片茫然和呆滯之色。

一陣人喊馬嘶的聲音傳來，從屏風內不斷冒出大批的古代騎兵，一隊接著一隊連綿不絕，揮舞著刀戈吶喊著衝鋒陷陣，眾人彷彿回到金戈鐵馬的古代戰場上，混雜在那果王的大軍之中，冒著刀槍箭矢奮力拚殺……

恍惚之中，那塊萬璃靈玉上浮現一個活生生的動物。

是麒麟！

與石門前面的兩隻鐵麒麟一般無二，只不過這隻麒麟是活的。麒麟搖頭擺尾，身體在祥光中慢慢變大，高昂著頭，發出一聲震天巨吼。

苗君儒覺得雙耳被震得「嗡嗡」直響，禁不住用雙手捂著耳朵。腳下的地面突然顫動起來，越來越劇烈。

洞頂的宇宙星辰從中間裂開一條縫，那些代表星宿的寶石一顆顆的從上面落下來，跟著那些寶石落下來的，還有大塊大塊的岩石。

地面上也裂開一條條的縫隙，從裏面冒出水來。

「不好，這裏要塌了！」程鵬叫道，拔腿就跑。他經過一個手下人身邊的時候，還不忘從那人手裏接過一個裝滿寶物的包，背在身上。

苗君儒看著那青玉屏風上的萬璃靈玉，衝上前從那洞裏將萬璃靈玉拿了出來，放到案桌上的一個黃金盒子中，把盒子塞進了工具包，轉身跑下台階。

萬璃靈玉一離開那個洞，眼前的幻象立刻消失了。青玉屏風突然像玻璃一樣裂開，碎成了幾大塊。

石門發出不堪重負的聲音，「轟」的一聲倒塌下來，將兩個衝到門前的人砸成了肉餅。一塊岩石砸在都拉麻牯的面前，險些也將他砸成肉餅。他的腳步不停，緊跟著程鵬逃了出去。

他身後那個人可沒有這麼好的運氣，岩石當頭而下，一下子將人砸扁，整個人看不出人形了，只有一灘血泥。

苗君儒左右閃避著，踩著逐漸漫過膝蓋的水，跨過幾具被岩石砸死的屍體，有好幾次，他都險些被岩石砸中。衝出兩扇石門後，見程鵬和都拉麻牯已經爬過了那條繩索。

程鵬的手下人爬過去後，拔出匕首一刀將繩索砍斷。爬在繩索上的兩個人慘叫著掉下深深的溝壑。

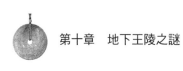

那兩個人都是都拉麻牯的人，都拉麻牯見狀，憤怒地望著程鵬。他帶來的幾十個人，都已經損失殆盡，現在就只剩下他孤家寡人一個，而程鵬的身邊，還有兩個人。

都拉麻牯站在溝壑邊，見程鵬拿著一支小手槍指著他的頭。臉色一變，說道：「你想過河拆橋？如果不是我，你能夠……」

一個軍人上前，從都拉麻牯手上將裝滿寶物的袋子搶了過去。程鵬微笑著勾動了扳機，從小手槍的槍口噴出一道火光，都拉麻牯頭上中彈，身體一軟。只見他的右手一揮，一串亮閃閃的東西從他的袖口內飛出，朝程鵬飛去。他的身體後仰，成大字形落下溝壑。

程鵬似乎早有防備，抓著旁邊的人一擋，那些亮閃閃的東西飛到那個人的臉上，那人發出一聲慘叫，雙手不停地抓著自己的臉，沒幾下就已經鮮血淋漓，到後來整塊整塊的肉都已經被撕扯下來，露出白森森的骨頭。

整個岩洞都在顫抖，不斷地有大大小小的岩石從洞頂落下。

那人慘號著往前跑，還沒有跑多遠就被岩石砸中。

程鵬和另外一個人相互攙扶，一邊躲避上面掉下來的岩石，一邊小心地在石塊上跳躍著前進。

苗君儒絕望地望著程鵬他們兩個人的身影，沒有繩索，他無法越過這條天塹，將伴隨那些屍體，永遠留在這裏。

就在苗君儒坐在地上萬念俱灰的時候，見對面出現一個人的身影，一條繩索拋了過來，套在鐵麒麟的頭上。他定睛望去，見是那個胸前掛著懷錶的女野人。

女野人說著古代的羌族語，大聲道：「快點過來！」

苗君儒站起身，抓著繩子爬了過去，剛一站定，就聽到身後「轟隆」一聲，他剛才坐過的地方，整個塌陷了下去。那兩隻鐵麒麟，隨著岩石一同墜了下去。

苗君儒驚出了一身冷汗，暗道：好險，要是再晚一兩分鐘，他可就跟著那兩隻麒麟一起掉下去了。

那女野人扯著他，看了看不斷往下掉的岩石，焦急地說道：「快走，快走！」

苗君儒被她扯著，踉蹌著往前走，好幾次差點被石塊砸到。他們站在石頭上，看準時機，在石頭上跳躍。地上是絕對不敢走的。

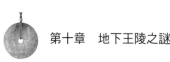

前面傳來一聲慘叫，苗君儒看到程鵬身邊的那個人，被一塊巨石砸中下半身，上半身仰起來，揮舞著雙手發出慘號。

程鵬抓起那人身上的背袋，繼續往前走，好不容易衝到一處凹進去的岩壁邊，可以躲避掉下來的岩石。不料那裏已經站了一個人，是陳先生，他在受到那些女野人攻擊的時候，躲在幾具屍體的下面裝死，後來見洞要塌了，才躲到這邊來的。

陳先生的手上也拿了一支槍，對準程鵬，說道：「所有這裏面的東西，都應該是我的，你憑什麼跟我鬥？」

苗君儒和那個女野人也逃到了這裏。在洞塌之前，那些女野人已經退了回去。

「把你們的包全部給我！」陳先生揮舞著手裏的槍，說道。

苗君儒大聲道：「先出去再說，再不出去就出不了了！我們全都會死在這裏。」

程鵬把手中的背袋朝陳先生丟過去，在陳先生接包的時候，突然上前用力推了對方一把。

陳先生一手拿著裝滿寶物的背袋，一手持槍，跌出了藏身的地方。還未等他返過身來開槍，一個碗口大的石頭掉在他的頭上。紅色的血白色的腦漿立刻迸射出來，屍體搖晃著倒下，立刻被陸續落下的石頭砸成了血泥。那個裝滿寶物的背袋滾到一旁。

程鵬還想去撿那個包，被苗君儒扯住：「你不要命了？快點走呀！」

程鵬不顧苗君儒的勸阻，看了看頭頂下墜的石頭，突然跑了出去，他的手剛搆著那背袋，腳下突然一空，身體向下落去。

原來他踩中了陷阱機關，地板裂開。他的手一伸，攀著陷阱的邊沿，不使身體掉下去，大聲叫道：「苗君儒，快救救我！」

面對程鵬的呼救，苗君儒本應拒絕，可是他毅然跑了出去，來到程鵬的面前，抓著程鵬的手往上拖。巨大的岩石在他身邊紛紛落下，情形險象環生。

「你太重了，我拉不動你！」苗君儒叫道。

程鵬的背上背著一個塞滿寶物的背包，有好幾十斤，再加上自身的體重，苗君儒根本拉不上來。

「快，把背包丟掉！」苗君儒叫道，這些天來，他的體力消耗過大，已經堅持不住了，兩個人的手漸漸分開。

「抓緊我，用力點！」程鵬叫道。他捨不得丟掉那些寶物。

裂開的石板反彈過來，將程鵬從胸部一下活活夾斷。程鵬一張口，吐出一大口血，頭一歪死去。

苗君儒扯了一個空，身體跌坐在地，一塊岩石就砸在他剛才站立的地方。

那女野人飛奔過來，拉起苗君儒就跑。兩人躲在岩壁下，摸索著向前走了一陣，女野人用手在牆壁上一按，在他們的腳邊出現一個洞口，兩人一前一後鑽了進去。

沿著通道滑到下面，見那些小矮人全都躲進了洞裏。兩邊岩壁上的石塊不斷倒下來。

「快，快！」女野人拖著他，拐過了一個拐角，沿著一排長長的台階往下跑。到下面後，他聽到了流水的聲音，走完台階，他看到了一條地下河，靠岸邊的地方，繫著一張竹筏。那老土司就是從這裏進來的。

上竹筏的時候，苗君儒一不小心摔在水裏，幸虧女野人將他拉了上去，才沒有被水流捲走，可是背包已經全濕透了。

水流突然激湧起來，轟鳴聲震耳欲聾，整座山似乎都在顫抖，地下河的頂部也不斷往下墜岩石，竹筏在水中漂浮，被水流推著走，數次差點撞到岩壁上。

苗君儒伏在竹筏上，剛要起身，突然頭一昏，暈了過去。不知道過了多長時間，他醒了過來，發覺躺在一個用樹枝和芭蕉葉蓋起來的窩棚中。周圍站著好幾個女野人，其中一個就是救他出來的那個女野人。

他好像想起了什麼，翻身起來，見那個工具包就在旁邊，打開工具包，見那些紙質的書籍由於被水浸泡過，已經變成了一堆爛泥，那幾根竹木簡，也已經腐爛不堪，上面的字跡無法辨清，失去了研究價值。唯有那個黃金盒子，還好好的。他打開盒子，看到了裏面的萬璃靈玉。

他蓋上盒子，將盒子放在枕邊。多年來尋找那果王朝，就只剩下這樣的結局，還好沒有葬身在陵墓中，已經是不幸中的大幸。

他再次成了那個女野人的「丈夫」，女野人對他看管得很緊，直到幾個月後，他找了一個時機，從那片山林中逃了出來。出現在一個小山村裏的他，衣裳襤褸，頭髮蓬亂，看上去和一個野人沒有兩樣。

他很快被陳先生手下的人發現，那些人奉命在這一區域內找陳先生，找了好幾個月，可是一點消息都沒有。

之前這裏發生了芮氏六點八級的地震，並引發了雪崩，有兩隊在玉龍山主峰附近地方尋找的搜索部隊，被埋在了冰雪下面。

另一股搜索部隊在沿著虎跳峽的懸崖峭壁搜索的時候，遭遇了一夥土匪，一場槍戰下來，雙方損失不小。

搜索部隊抓到了兩個受傷的土匪，經審問，那些土匪是朱老大的人，是朱老大吩咐在那裏等人出來，進行伏擊的。

沒有人知道朱老大是誰。

苗君儒的精神完全處於狂亂狀態，不斷瘋言瘋語，胡亂說著別人聽不懂的語言。後來不知道為什麼卻不說了，回答別人提問的，就是「哈哈」兩個音符。

有人打開了那個黃金盒子，可是裏面什麼東西也沒有。那塊萬璃靈玉被他用一塊防水的魚皮包著，放在身上一個別人想像不到的地方。

苗君儒被人送回了重慶，一路上，不斷有人問他關於陳先生的事情。可是他那樣子實在讓人擔心，他兩眼恍惚，表情木然，完全癡呆了。

無論別人怎麼問他，他都是發出「哈哈」兩聲大笑。

苗永健被獲准探望父親，趁旁邊的人不注意，苗君儒從下面拿出一個圓圓的東西，塞到苗永健的手裏，同時大笑幾聲，用古代的吐蕃語言說道：「把東西放到那個樹洞裏去，並告訴你廖阿姨，她會來救我的！」

苗永健跟著父親學考古多年，那一次隨父親去新疆，見到一個老人，學會了幾句古代吐蕃的語言。

他將那東西偷偷地放到衣內，緊抓著父親的手，哭道：「父親，父親，你怎麼了？」

他這麼做，是想迷惑站在旁邊的人。

苗君儒哈哈大笑著，一次又一次的說道：「快去，廖阿姨的女兒會想辦法的，這些東西絕不能讓他們這些人得到，所有的東西，都應該是國家的。」

苗永健哭著離開。當晚，他將那塊萬璃靈玉放到了那棵樹下，並前去告訴了廖清。可也就是在那一晚，他被人控制住了，並很快被關到了白公館。

之後，有人找到廖清，可是那些人從廖清哪裏問不到什麼。那些人離開後，她打電話到報社，要程雪梅去樹下拿東西。她知道逃脫不了那些人的魔爪，將她以前寫過的日記翻了出來，回憶完這麼多年對那份感情的依戀和對往事的悔恨，毅然用刀割破了自己的頸動脈。

她這麼做，不僅僅是因為當年的那一句誓言，而是一個女人在心死之後的抉擇。她並不知道，她的兒子和丈夫，都已經永遠留在那處神秘的地方。

程雪梅望著那些越來越近的汽車燈，對張曉泉說道：「張大警官，快走吧，翻過這座山，我們就安全了。」

「別急著走！」謝志強的手上出現一支槍，他將槍口對準程雪梅：「程記者，你想要把苗教授帶到那邊去，還得問我答不答應！」

「我早就懷疑你的身分，終於露出你本來的面目了，」程雪梅說道：「苗永健失蹤了，而你卻沒有事，你潛伏在苗教授身邊這麼久，為的是什麼？」

「沒有辦法，這是上級的命令，」謝志強一手持槍，另一隻手招了招：「別逼我開槍，你先把那塊萬璃靈玉給我丟過來！那可是一塊好東西。」

程雪梅慢慢從口袋中拿出那塊萬璃靈玉，朝謝志強丟過去。

謝志強微笑著伸手去抓，他已經打定主意，只要萬璃靈玉到手，就立刻開槍殺掉程雪梅和張曉泉，並把苗君儒帶回去，那可是大功一件！

他受命潛伏在苗君儒的身邊已經有好幾年了，一直沒有太大的表現。隨著時局的變化，當局似乎已經感到在大陸的日子已經不多，秘密通知那些早就安插在著名學者及科學家身邊的特務，隨時等候命令列動。

謝志強的手剛抓到萬璃靈玉，就聽到一聲槍響，胸口一陣劇痛，他有些不可思議地望著苗君儒。

苗君儒的手裏出現一把槍，剛才那一槍是他開的，他對謝志強說道：「我終於明白，為什麼以前我出去考古，總是有人在後面，一旦發現有價值的東西，就立刻有人把東西搶走，原來他們把你安插在我身邊，是利用我為他們去尋找寶物……」

山下的敵人聽到了槍聲，跳下車追了上來。

「你們逃不掉的！」謝志強倒在地上說道。

苗君儒上前從謝志強手裏拿過那塊萬璃靈玉，返身的時候，踩到一塊石頭，把腳給扭了。

「我們走！」程雪梅和張曉泉扶著苗君儒，向山頂爬去。

倒在地上的謝志強微微抬起頭，瞄準了程雪梅勾動了扳機。張曉泉不經意的回頭，看到了謝志強的舉動，他大叫一聲，將程雪梅推開。

槍響了，子彈擦著程雪梅的肩膀飛過。

張曉泉勾動了扳機，將手中槍裏的子彈全都射進了謝志強的身體。

三個人爬上山頂，見前面沒有路了，他們站在一處懸崖上。五六十丈高的懸崖下面，就是嘉陵江的一條支流，望著下面的滔滔江水，三個人都傻眼了。往回走已經不可能，山下追來的人越來越近。

三個人朝左面奔去，可走不了多遠，一條兩丈寬的深溝擋住去路。

「他們在那邊，追上去！」已經清楚地聽到有人叫喊，那些人已經發現了他們所在的地方，呈半包圍狀逼了上來，離他們只有七八米遠了。

「你們不要過來，」苗君儒拿著萬璃靈玉，大聲說道：「你們要是再上前一步，我就拿著這塊玉石，從這裏跳下去。」

那些人不敢動了，可是這樣僵持下去不是辦法。

「我來拖著他們，你們走！」苗君儒對程雪梅說道。

「我不走，」程雪梅說道：「要死我們就死在一起，其實……其實……你不知道，我媽已經把你和她之間的事情告訴我了，而且告訴我，我不姓程，應該姓苗。」

苗君儒的眼淚頓時湧了出來，抱著程雪梅，連聲道：「好好好，小清總算沒有負我！我們父女兩個，要死也死在一起，這塊萬璃靈玉，絕對不能夠留給他們。」

就在他們打算縱身跳下懸崖的時候，從旁邊的樹林中衝出一夥人來，如雨般的子彈掃向那些包圍上來的人。

一個腰間插著兩把盒子的勁裝中年男子走上前，對程雪梅說道：「程幹事，我們來遲了一步，差點見不到你們了！」

程雪梅的另一個身分是重慶市地下黨的宣傳幹事。

程雪梅笑道：「你們要是再晚來幾分鐘，我可就要從這裏跳下去了！以後你不要叫我程幹事，叫我苗幹事吧，其實我姓苗！」

「那好，苗幹事，快走吧！」那人說道：「敵人的援兵馬上就到了！」

當渣滓洞那邊的敵人援兵趕到的時候，留給他們的只是一地的屍體。

一年後重慶解放，身在北京的苗君儒得知，他的兒子苗永健雖經地下黨多番營救，仍慘遭敵人毒手。

一九五四年，苗君儒帶隊進入西藏考古，不幸在一次意外中身亡，終年五十八歲。

故宮博物院的一級國寶收藏室內，在一個不起眼的角落裏，有一個雕花紫檀木盒子，裏面裝著的，就是那塊萬璃靈玉。

全文完

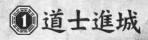

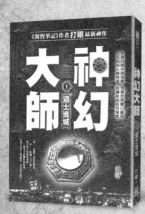

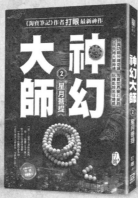

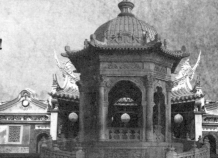

搜神異寶錄之14 靈玉回歸 大結局

作者：婺源霸刀
發行人：陳曉林
出版所：風雲時代出版股份有限公司
地址：10576台北市民生東路五段178號7樓之3
電話：(02) 2756-0949
傳真：(02) 2765-3799
執行主編：劉宇青
美術設計：許惠芳
行銷企劃：邱琮傑、張慧卿、林安莉
業務總監：張瑋鳳

初版日期：2018年1月
初版二刷：2018年1月20日
版權授權：吳學華
ISBN ：978-986-352-477-9
風雲書網：http://www.eastbooks.com.tw
官方部落格：http://eastbooks.pixnet.net/blog
Facebook：http://www.facebook.com/h7560949
E-mail：h7560949@ms15.hinet.net
劃撥帳號：12043291
戶名：風雲時代出版股份有限公司

風雲發行所：33373桃園市龜山區公西村2鄰復興街304巷96號
電話：(03) 318-1378
傳真：(03) 318-1378
法律顧問：永然法律事務所 李永然律師
北辰著作權事務所 蕭雄淋律師

行政院新聞局局版台業字第3595號 營利事業統一編號22759935

定價：280元 特惠價：199 元

國家圖書館出版品預行編目資料

搜神異寶錄／婺源霸刀 著. -- 初版. -- 臺北市：
風雲時代，2017.06- 冊；公分
ISBN 978-986-352-477-9（第14冊；平裝）

857.7 106006481